A CASA DAS CHAVES

INSTITUTO DE DIFUSÃO ESPÍRITA
Av. Otto Barreto, 1067 - Caixa Postal 110
Fone: (019) 541-0077 - CEP 13600-970 - Araras
Estado de São Paulo - Brasil
C.G.C. (MF) 44.220.101/0001-43
Inscrição Estadual 182.010.405.118

Wilson Frungilo Júnior

A CASA DAS CHAVES

Contos

Capa:

Alexandre Luiz Rampin

1ª edição – 10.000 exemplares – agosto / 1997

FICHA CATALOGRÁFICA

(Preparada na Editora)

Frungilo Júnior, Wilson, 1949-

F963c A Casa das Chaves / Wilson Frungilo Júnior, Araras, SP, IDE, 1ª edição, 1997.

240 p.:

ISBN 85-7341-173-2

1. Contos. 2. Espiritismo. I. Título.

CDD -869.935
-133.9

Índices para catálogo sistemático:

1. Contos: Literatura brasileira 869.935
2. Espiritismo 133.9

ÍNDICE

A CASA DAS CHAVES

– Mas a casa é enorme! – comenta Olavo, defronte da linda construção, em estilo colonial, com enorme varanda à frente e ladeada por duas colunas dóricas. Alta e pesada porta, artisticamente trabalhada com entalhes, lembrando querubins estilizados, dão um toque aristocrático, enquanto duas janelas, uma de cada lado, com vidraças límpidas e alvas cortinas de renda, arremetem o pensamento a uma singela sensação de paz e conforto. – E, muito bonita também!

– Foi construída com muito amor e dedicação – explica Artemis, cicerone de Olavo.

– E só existe ela neste local. Não se vê mais nada, além da casa. Em minha retaguarda, a cidade e, à minha frente, a casa. Nada mais. Apenas o vazio. Encontrarei nela a felicidade?

Artemis sorri e responde.

– A verdadeira felicidade você encontrará quando dela sair, pelo outro lado.

– E isso é fácil?

– A facilidade é muito relativa, dependendo da quantidade de cômodos que tiverem que ser atravessados.

– ?

– Mas vamos entrar. O amigo já possui a chave da porta principal.

Dizendo isso, os dois caminham até a casa. Olavo introduz a reluzente chave na fechadura e, antes que possa girá-la, a porta se abre, dando acesso a enorme sala iluminada pela claridade exterior que passa através de pequenas lâminas de vidro colorido, simetricamente dispostas acima de suas cabeças. No centro do cômodo, um aparador de madeira é o único móvel existente, sobre o qual encontra-se uma outra chave de iguais proporções à primeira e, na parede do fundo, seis portas, igualmente fechadas.

– Essa chave é minha? – pergunta Olavo.

– Sim. Ela é uma das que conquistou. Apanhe-a e experimente nas portas à sua frente. Apenas uma será aberta com ela.

Olavo obedece e consegue o seu intento na quarta, da esquerda para a direita.

– E as outras portas?

– Como já lhe disse, o tempo que se leva para percorrer esta casa dependerá da quantidade de cômodos que tiverem que ser atravessados e cada uma dessas portas dá acesso a percursos maiores ou menores. Mas vamos entrar.

Olavo entra em nova sala completamente diferente da primeira,desta feita, de forma circular e iluminada por claríssima luz em tons róseos. Novamente, um aparador contém, sobre si, uma outra chave e nove portas encontram-se dispostas à sua volta. Como da vez anterior, experimenta a chave em algumas das fechaduras até encontrar a que, prontamente, destrava a lingüeta, liberando a passagem. E, dessa mesma maneira, consegue penetrar em mais quatro salas, todas diferentes umas das outras, até que, no sétimo cômodo, de forma triangular, volve interrogativo olhar para Artemis, ao perceber que o aparador encontra-se vazio e doze portas o aguardam.

– E a chave?

Artemis lhe sorri e explica:

– Infelizmente, Olavo, você só teve méritos para chegar até este ambiente.

– E não poderei encontrar a felicidade? – pergunta, angustiado e temeroso.

– É lógico que poderá encontrá-la. Depende tão-somente do amigo.

– E o que devo fazer?

– Olhe novamente para o aparador.

Olavo obedece e vê um livreto de capa branca e com

o título *O Segredo da Felicidade – Manual das Chaves*, impresso em letras douradas. Apanha-o e está para folhear as suas páginas quando um senhor de idade avançada entra no cômodo e, sem parecer enxergá-los, apanha uma chave que, repentinamente, materializara-se por sobre a pequena mesa. Com ela, consegue abrir uma das portas, passando para um outro ambiente, deslumbrantemente iluminado.

– Como ele conseguiu? – interroga Olavo.

– Teve méritos para isso. Mas venha até a porta. Vamos ver o que acontece.

Olavo aceita o convite e dirige-se até a entrada daquele novo cômodo e vê quando duas chaves são apanhadas pelo homem e, com elas, abre duas fechaduras numa mesma porta, transpondo-a em seguida. Olha curioso para Artemis e balbucia.

– Não estou entendendo...

O outro sorri e, dando-lhe um pequeno e carinhoso tapinha nas costas, convida-o a sentar-se em brilhante e confortável sofá, subitamente surgido num dos cantos da sala.

– Meu amigo, esta casa representa a nossa vida no planeta Terra, do qual nos libertaremos em direção a novos mundos que representa aquilo que, de imediato, podemos compreender como a verdadeira felicidade. E todas estas portas somente nos serão descerradas por meio das chaves do dever cumprido. As portas, como o amigo pôde observar, são muitas e, cada uma delas, nos leva a diferentes quantidades de passagens, dependendo do nosso grau de aprimoramento espiritual, o que facilmente nos leva a entender que, quanto mais rapidamente cumprirmos com as nossas obrigações, menos portas teremos que atravessar. Muitas vezes, como acabou de verificar nesse cômodo, são duas as chaves necessárias para destravar as fechaduras de uma única passagem, isso porque, nossos deveres e obrigações nem sempre dizem respeito a apenas nossa própria pessoa, ao nosso próprio Espírito e, sim, ao que temos que realizar em benefício de um nosso próximo que um dia, talvez, tenhamos desviado do caminho do Bem. Isso faz com que necessitemos, não só de nossa chave, mas também, da que teremos que reconquistar para esse nosso irmão desviado. Somente quando conseguirmos colocá-lo novamente em busca de seu próprio caminho é que conquistaremos esse mérito.

– Estou entendendo.

– Na verdade, cada porta, cada cômodo desta casa significa, para o Espírito, uma nova oportunidade que Deus, nosso Pai, caridosa e benevolentemente, nos propicia.

– E este livreto nos explica como conquistar as chaves que precisamos?

– Sim. Seguindo os ensinamentos desse pequeno livro é que conseguiremos transpor todos os obstáculos com o menor número de chaves e portas porque, na verdade, todos, um dia, terão conseguido esse intento, uns, mais rapidamente, outros, mais demoradamente.

Olavo abre, então, o opúsculo e percebe que somente uma página está impressa. Nela encontram-se os dizeres "Ama ao próximo como a ti mesmo". E grossas lágrimas rolam de seus olhos, mesmo ao abri-los fisicamente, com a lembrança da grande lição aprendida no plano espiritual, no noturno desprendimento de seu Espírito. Senta-se na cama e, emocionado, eleva uma prece a Deus, agradecendo pela lembrança do que vivera naquela noite, no interior da construção que passou a denominar de "A Casa das Chaves".

A SUBLIME FERRAMENTA

– Mais um pouco de vermelho... aqui... hum... naquele canto parece que percebo uma nuança azul....

Gilson afasta-se um pouco do cavalete para melhor observar e avaliar a pintura, óleo sobre tela, que está realizando. A natureza sempre foi sua especialidade, apesar de já ter realizado alguns retratos.

– Estou ficando cada dia melhor... – pensa, enquanto continua a retocar o lindo ramalhete de rosas vermelhas.

Fala consigo mesmo, com orgulho, pois conhece a sua capacidade de retratar com fidelidade tudo o que lhe aparece à frente, utilizando-se dos pincéis como se estes fossem câmeras fotográficas.

– Gilson, já está na hora de se preparar para a exposição. Você não pode chegar atrasado. – avisa-lhe a mãe, entrando no quarto, que também lhe serve de estúdio.

– Já vou, minha querida mãe. Preciso de apenas mais alguns minutos.

E a mãe, sorrindo, porém aflita, com medo de que o filho chegue atrasado, pede-lhe mais uma vez:

– Por favor, Gilson, apresse-se. Afinal de contas, foram convidadas pessoas importantes no campo da pintura e terá que recebê-las, já que você será a figura principal do evento.

– Fique tranqüila, mamãe... apenas mais alguns minutos. A senhora sabe como é difícil retratar flores, principalmente da maneira como faço: utilizando flores naturais como modelo.

– Sei, meu filho. Sei também, que é aí que reside o seu talento. Há uma grande diferença entre pintar quadros através de modelos originais e pintar quadros utilizando-se de fotos.

– É mais trabalhoso e mais difícil, porém, o resultado... ah! o resultado...! Não tem comparação.

– E ainda há mais: o método que você utiliza... o professor Antunes não economiza elogios a você. Não entendo como consegue...

– É muito simples, mamãe. Basta, apenas, colocar amor no que estamos realizando.

– Mas você começa a pintar a flor quando ela ainda está em botão e, quando termina o quadro... você a pintou aberta e em todo o seu esplendor...

– Na verdade, eu participo de seu desabrochar. Risco levemente na tela, o botão, e vou modificando aos poucos, conforme ele vai se transformando. Mas o principal, mamãe, é que durante todos esses instantes em que vou acompanhando o movimento das flores, vou sentindo e assimilando todas as cores que concorrem para a obra final.

– Acho simplesmente fantástico você visualizar as cores que fazem o matiz final de um objeto. Lembro-me daquele garrafão que retratou há alguns meses. Para mim, ele era apenas verde, mas... quantas cores você percebeu nele...

– E a senhora viu o resultado...

– Sim... parecia uma fotografia. Como você consegue visualizar todas essas cores?

– Muito treino, mamãe, muito exercício.

– Sim... você estudou bastante, principalmente nestes quatro últimos anos.

– E agora, minha primeira exposição.

– Que, tenho certeza, vai ser um sucesso.

– Tomara...

– Se você não se atrasar... Meu Deus, Gilson, não brinque com o tempo e vá tomar um banho e se preparar.

– Olhe, mamãe, a última pincelada, o último retoque e está pronto.

– Ficou lindo! Pena que não dê para incluir na exposição de hoje.

– Vai ficar para a próxima. Pretendo pintar diversos tipos de flores.

– Mas, antes, você terá que dar conta de todas as encomendas de retratos de nossos amigos.

– É verdade... Sabe que ganharei um bom dinheiro com esses retratos?

– Sei. Nossos amigos são muito ricos.

– Com esse dinheiro quero montar o estúdio com que sempre sonhei.

– Se Deus quiser, meu filho. Mas agora, vamos.

Gilson, moço de apenas vinte e três anos, sempre foi um apaixonado pelas artes, principalmente pela pintura. Desde a infância, sua principal diversão era o desenho e, invariavelmente, seus presentes se resumiam em aquarelas, lápis de cor, tubos de guache, revistas especializadas, livros com as obras dos grandes mestres. E o mais importante é que sempre teve o apoio de seus pais que o incentivaram muito, ao perceberem sua verdadeira vocação, bem como custearam todas as suas despesas, já que eles sempre foram pessoas de grandes posses. Agora a vida lhe sorria. Há um mês se formara num Curso Superior de Belas Artes e já estava com uma exposição pronta que seria inaugurada nesta noite, com a presença de importantes convidados que, certamente, iriam adquirir muitas de suas obras. E outras encomendas também viriam, além das que já tinha. Havia recebido dois convites muito importantes: um curso de especialização na França e um convite para ocupar uma das cadeiras de Artes em uma Universidade. Mas Gilson não queria pensar nisso agora. Queria apenas trabalhar, trabalhar e trabalhar, pois, realmente, a pintura era a sua vida. Não conseguia ficar mais que um dia sem defrontar-se com uma tela.

– Você precisa estar lá às dezenove horas.

– A senhora e papai não vêm comigo?

– Não, meu filho. Iremos chegar junto com os convidados.

– Não encontro minha abotoadura...

– Está aqui, comigo.

– Coloque-as para mim. Meu Deus, estou mesmo atrasado.

– Ainda há tempo.

Gilson veste então o paletó.

– Estou bem, mãe?

– Você está lindo, filho. Deixe-me cheirá-lo. Hum...! Esse é o perfume que lhe dei?

– Sim. E eu já vou indo.

– Tenha calma, filho. Tudo dará certo. Cumprimente a todos quando chegarem, não deixe de sorrir e, se possível, alguns elogios não fazem mal, não é? Principalmente para dona Helena.

– Tchau. Encontro vocês lá.

– Vá com Deus.

*

– Por favor, enfermeira, enxugue minha testa. – pede o cirurgião.

– Conseguiu fazer todas as ligaduras? – pergunta outro médico.

– Infelizmente, não. A mão foi muito esmagada. Enfermeira...

– Pois não.

– Termine com as faixas e levem-no para o quarto. Irei em seguida. E, por favor, acompanhe o paciente, que logo voltará da anestesia e procure evitar falar sobre o assunto com os seus pais, que já devem estar pelos corredores. Eu falarei com eles.

– Correto.

Os dois médicos operadores dirigem-se para sala contígua onde retiram seus aventais e lavam-se.

– Pobre rapaz, heim, Carlos? Você acha que ele não conseguirá mais mover sua mão direita?

– Infelizmente, acredito que não. Talvez... um por cento de chance... daquelas que só Deus...

– Já ouvi falar sobre o moço. Dizem que é muito bom em pintura, em retratos, essas coisas.

– E é justamente isso o que me preocupa. Como poderá reagir esse rapaz quando souber que não conseguirá mais segurar um lápis, um pincel?

– Você sabe como ocorreu o desastre?

– Não sei, ao certo. Quando aqui cheguei, chamado às pressas, disseram-me que o rapaz estava correndo muito e avançou um semáforo, vindo a chocar-se de encontro a um caminhão de lixo. Com o capotamento do carro, ficou com a sua mão presa sob o capô.

– Veja como são as coisas: não teve mais nenhum ferimento grave, a não ser algumas escoriações.

– Foi muito azar mesmo.

– Teremos que ter muito tato e cuidado para falar a ele sobre isso.

– Acho que devemos aguardar algumas semanas até que melhore um pouco do trauma que, evidentemente, o abaterá, por causa do desastre.

– Você tem razão. Penso que a verdade deve ser dita apenas a seus pais, por enquanto.

– Tenho muita pena do rapaz. Não sei como agüentará uma desgraça dessas.

Em seguida, os dois médicos saem do aposento, cabisbaixos, em direção ao quarto de Gilson, onde já se encontram os pais do moço, a enfermeira e... quatro outros visitantes, invisíveis aos olhos dos encarnados. São eles: Humberto, Adauto, Sales e Verônica, espíritos encarregados de proporcionar assistência à caminhada de Gilson por sobre a Terra, onde teria que, além de resgatar, no aprendizado edificante através da experiência, pesados débitos do passado, realizar também um grande trabalho de exemplo e abnegação que ele próprio havia se proposto, antes de sua reencarnação.

– Bem, meus irmãos, – comenta Adauto – até este

momento, tudo nos foi muito fácil e até mesmo agradável e gratificante. Acompanhamos os passos de Gilson, desde sua infância até hoje, auxiliando-o no que foi necessário e sem que isso nos trouxesse grandes trabalhos, tanto que pudemos nos dividir entre ele e outros irmãos reencarnados. Porém, agora, teremos que nos desdobrar para auxiliá-lo a superar este momento e atingir os seus objetivos que também são nossos.

– Realmente, chegou o momento – concorda Sales – Vamos iniciar esta nossa missão com uma oração, rogando a Deus e a Jesus, nosso Mestre, para que nos abençoe com suas luzes, dando-nos a coragem e a fé necessárias para que consigamos, nós e o irmão Gilson, cumprir tudo aquilo que nos propusemos.

Nesse momento, Verônica inicia sentida prece que faz com que, aos poucos, todo o ambiente se ilumine, fazendo com que os presentes recebam tranqüilizantes raios de luz, principalmente os pais de Gilson que acabam de receber a notícia sobre o filho.

– Acharia prudente – explica o doutor Carlos aos pais – que não revelassem nada a ele, pelo menos por enquanto. Acho que tudo lhe deverá ser explicado de uma maneira gradativa. Gostaria de cuidar disso.

– E como fará, doutor? – pergunta o pai do rapaz.

– Após sair deste hospital, Gilson terá que ir ao meu consultório por diversas vezes para que eu lhe faça curativos. Procurarei prepará-lo durante essas visitas.

Apesar de sentirem-se um pouco fortalecidos pela luz do ambiente, que lhes é invisível, a desolação toma conta dos corações do casal. Pesada tristeza lhes envolve o pensamento e a razão, como se um abismo intransponível se lhes abrisse à frente.

*

Vinte e oito dias se passam e Gilson freqüenta o consultório do doutor Carlos quase que diariamente. No início, o médico fala-lhe de futuras sessões de fisioterapia a serem iniciadas assim que lhe tirar as faixas da mão, deixando sempre a pendência de alguns novos exames. Depois de poucos dias, já começa a falar-lhe de dificuldades, preparando o moço para a verdade que não poderá esconder, no momento de lhe retirar as faixas definitivamente.

– Doutor... Já faz quase um mês que aqui venho e até agora não percebo nenhuma melhora em minha mão... Não consigo nem ao menos senti-la direito.

O médico sente que as palavras não conseguem sair de sua boca e permanece em silêncio, não conseguindo encarar o olhar do rapaz que, imediatamente leva um choque.

– Doutor...! O senhor esteve mentindo para mim!!! Enganou-me o tempo todo! Não poderei mais movimentá-la?! Meu Deus! E as minhas telas?! O senhor sabe que não consigo viver sem as minhas pinturas! É a minha vida!!!

– Espere um momento, Gilson. Nós vamos tentar tudo o que for possível. Consultarei alguns outros médicos e...

– Que outros médicos, doutor?! O senhor é o melhor de todos!

– Deve haver alguma esperança... – fala o médico, já sem muita convicção. Não havia imaginado o quão seria difícil esse momento e sente-se perdido naquela conversação.

– A minha vida, doutor... A partir deste momento não tenho mais vida. Um morto e vivo... isso o que sou...

– Você não deve pensar assim, Gilson.

Nesse momento, o moço não se contém e, levantando-se, de um salto, sai correndo do consultório, desesperado e sem destino certo.

– Espere!!! – grita-lhe o médico, tentando alcançá-lo, sem conseguir, pois Gilson, descendo as escadas do prédio em desabalada carreira, toma a rua e perde-se no turbilhão do trânsito.

Caminha sem destino por muitas e muitas horas, sempre acompanhado pelos irmãos Humberto, Adauto, Sales e Verônica que tentam, através da intuição mental, reerguer-lhe o ânimo e fazê-lo vislumbrar um futuro melhor, com base em pequenos lapsos de lembrança daquilo a que se propusera um dia. Mas tudo parece em vão.

Nesse momento e, de repente, as coisas começam a complicar para os nossos amigos do outro plano, pois eis que surge à frente de Gilson um outro Espírito desencarnado e que todos eles conhecem de sobra.

– Tobias?! – exclamam os quatro. – Como será que conseguiu chegar até Gilson?

– Através de suas próprias vibrações que acabaram atraindo-o – lembra-lhes Sales.

– É verdade. – concorda Humberto – Penso que teremos que tomar alguma medida rápida para impedir que Gilson faça algum ato menos digno e também para auxiliar Tobias que já deve ter sofrido muito nessa insana busca de vingança.

– E o que faremos? – pergunta Verônica.

– Em primeiro lugar, teremos que solicitar ajuda a alguma equipe de auxílios especiais para que possamos neutralizar momentaneamente a ação de Tobias e, logo a seguir, tentar o concurso de Espíritos encarnados, pois nossas vibrações não estão conseguindo chegar até Gilson.

– E teremos que agir rápido, – pede Adauto – pois se vocês prestarem atenção nas ondas vibratórias de Gilson, poderão perceber suas intenções de fugir à vida terrena.

– Sim... – concorda Humberto – dá até para ouvir suas palavras internas:

– "O suicídio é a minha única saída"... "Minha única saída"... "Única saída"... "Saída".... "Saída"... "Saída"... "Saída"!!!!!!!

– Vamos orar e pedir auxílio à equipe de que lhes falei.

Como sempre acontece, quando a intenção é das mais elevadas, assim que iniciam a oração, outros Espíritos ali aportam e, após ligeiras explicações sobre o que está ocorrendo, conseguem carregar Tobias para um outro local em que poderá ser melhor assistido.

Em seguida, os quatro protetores de Gilson aproximam-se dele e, envolvendo-o com elevadas vibrações, fazem com que este os acompanhe, intento que não lhes é muito difícil, já que o rapaz não tem mesmo para onde ir, a não ser ficar perambulando pelas ruas, alimentando-se com a idéia de pôr termo à vida.

– Agora, meus irmãos, – fala Sales – sugiro que o levemos até um local mais apropriado, onde poderemos encontrar outros tantos amigos que poderão nos auxiliar.

– Já sei onde poderemos levá-lo. – sugere Adauto – Aqui perto está acontecendo uma Feira de Livros Espíritas. Lá encontraremos esses nossos amigos e principalmente o elemento material de que tanto precisamos para auxiliá-lo.

*

Gilson, abatido e completamente derrotado, caminha como um autômato, intuitivamente guiado pelos amigos espirituais, até a praça, onde está sendo realizada a Feira de Livros Espíritas. Vendo aquela barraca iluminada por várias lâmpadas, pois a escuridão da noite já se abatera sobre a cidade, para lá se dirige, envolto pelas benéficas vibrações do grupo. Já no recinto, percorre com o olhar as capas coloridas dos livros ali expostos. De repente, apanha um exemplar e, começando a folheá-lo, detém-se em uma de suas páginas onde lê um trecho que, naquele momento, parece saltar-lhe aos olhos:

"A afinidade que persiste entre o Espírito e o corpo produz em alguns suicidas uma espécie de repercussão do estado do corpo sobre o Espírito, que sente assim, malgrado ele, os efeitos da decomposição e experimenta uma sensação plena de angústias e de horror, e esse estado pode persistir tanto tempo quanto deveria durar a vida que interromperam" (Este trecho foi extraído de O Livro dos Espíritos). E qual o melhor caminho para livrar-se do desespero e, conseqüentemente, do suicídio, que não nos leva a nada, pois que a vida continua? Somente o trabalho constante e a caridade. Se acreditamos que não podemos fazer mais nada em favor de nós mesmos, por que não fazê-lo em prol de nossos semelhantes? Mesmo porque, se agora estamos desesperados por algum motivo, temos a plena certeza de que esse nosso desespero um dia passará, principalmente pelo fato de crermos que tudo o que nos acontece, foi por nós mesmos programado em outras vidas, pelos nossos próprios atos. Com trabalho, amor ao próximo e abnegação encontraremos soluções para os nossos problemas, haja vista que, muitas outras pessoas, com problemas maiores que os nossos assim o conseguiram. E Deus, soberanamente justo e bom irá nos premiar com a paz e a serenidade se nos atarefarmos no trabalho do Bem..."

Gilson lê aquele pequeno trecho do livro e sente algo de bom a lhe penetrar em sua mente, vislumbrando um sentimento de paz e de esperança que não consegue entender. Nesse momento, um jovem aproxima-se dele e oferece seus préstimos. Gilson lhe faz então algumas perguntas sobre aquela Religião, sendo prontamente atendido e convidado a sentar-se em um banco ali perto, onde se inicia, evidentemente, com o auxílio do grupo de Espíritos, elevada conversação em torno da Doutrina e de suas implicações quanto ao problema que o atinge.

*

Alguns anos se passam e vamos encontrar o nosso personagem saindo de um Centro Espírita, completamente modificado e acompanhado por aquele amigo que encontrara na Feira de Livros. Dirigem-se à casa do primeiro, sendo ambos carinhosamente recebidos pelos seus pais. Em seu estúdio, Gilson pede ao amigo que se sente e, com o auxílio de uma luva por ele idealizada, consegue segurar um pincel com a mão direita. Retira um pano que protege uma tela e a surpresa é enorme e emocionante. Gilson havia pintado, não de maneira tão perfeita como em outros tempos, o retrato do novo amigo, ali presente. O rapaz levanta-se e, com lágrimas nos olhos, abraça-o demoradamente.

– Você conseguiu!!!

– Ainda tenho muito que praticar e, talvez, não consiga nunca chegar à perfeição de antes, mas vou tentar, com bastante abnegação, em minhas horas de folga, porque como você sabe, o meu maior e mais importante trabalho está na divulgação do Livro Espírita, pois hoje sei que, naquele dia, fui levado àquela Feira de Livros Espíritas pelas mãos de abnegados irmãos que queriam me ajudar. Veja que até a página certa do livro eu abri e, depois, veio você. Não fosse aquela Feira, imagino o que teria feito. Por isso, meu amigo, a minha missão é a de espalhar o maior número de livros que me for possível, através de livrarias, feiras, bibliotecas, clubes de livros, lares, porque o Livro Espírita, como sabemos, é uma das ferramentas utilizáveis pelos nossos Amigos Espirituais no auxílio ao próximo e, quanto maior o número de ferramentas...

Nesse momento, os quatro Espíritos encarregados da assistência a Gilson também estão ali presentes, sugerindo, de maneira intuitiva, algumas informações aos moços.

– Você tem toda a razão, Gilson, e ainda há uma coisa muito importante: os Amigos Espirituais, sempre que necessário, no momento da leitura, envolvem a pessoa com seus fluidos, fazendo com que ela entenda o que está lendo, da maneira que mais lhe será útil, o que certamente foi feito com você. E tem mais: por que você acha que a Espiritualidade investiu e continua investindo tanto no Livro Espírita? Porque o livro pode ser carregado para qualquer lugar e, principalmente, para os lugares certos, nos momentos certos e...

*

– Vamos, Sales, Humberto e Verônica – pede o Espírito Adauto – Temos que atender àquele motorista de táxi que perdeu a esposa e encontra-se às portas do desespero. Já verifiquei que, ao seu lado, encontra-se um Livro Espírita que o nosso amigo aqui "esqueceu" no banco de seu veículo.

A DÁDIVA DO ESQUECIMENTO

– Realmente, Norberto, a maior dificuldade que estou tendo neste aprendizado, onde tudo parece-me extremamente lógico e justo, é com relação ao esquecimento do passado, quando de nossas reencarnações.

Renato comenta essa dúvida no intervalo de uma aula sobre reencarnação na sala azul de uma das escolas localizadas em um Posto de Socorro, nas proximidades da Terra, no Plano Espiritual. Desencarnado há alguns anos, após violento desastre que lhe ceifou a vida terrena, Renato passou por diversos tratamentos, primeiro hospitalares, a nível perispiritual e, agora, já refeito, assim como tantas outras entidades, recebe ensinamentos sobre o mundo espiritual e suas relações com o plano físico, no intuito de se preparar para futuros trabalhos de socorro a recém-desencarnados. Aliás, trabalho é o que não falta ali e Renato, apesar das saudades de seus entes queridos, encontra-se radiante com o que lhe está sendo revelado e com a possibilidade de um dia poder rever aqueles que lhe foram ligados por laços consangüíneos, quando no planeta Terra. Naquela escola já havia tomado contato com a verdade sobre a estrutura organizacional do mundo dos

Espíritos, seu relacionamento com o mundo dos encarnados e com as leis de causa e efeito.

– Isso é normal, Renato – responde Norberto, sorrindo – A propósito, esse é um assunto bastante importante e que merece ser explanado com carinho. Mas fale-me sobre essa sua dúvida.

– Bem... se os Espíritos reencarnam com a missão de evoluir, não lhes fica difícil essa empreitada se não se recordam dos ensinamentos que aqui aprenderam e, principalmente, do que se propuseram realizar junto daqueles outros reencarnantes que irão relacionar-se com eles? Também refiro-me aqui àqueles que reencarnam compulsoriamente.

– É muito oportuna a sua pergunta. Mas veja bem: em primeiro lugar, os Espíritos que reencarnam, apenas não se lembram do que aqui aprenderam, porém, carregam consigo, em suas mentes, de maneira latente, as noções sobre o que é bom e justo e sobre o que é mau e injusto e isso fará com que suas ações tenham uma nova consciência a lhes guiar os passos em direção à própria evolução. Alguns outros, que ainda não aceitaram essas verdades, no decorrer de suas vidas na Terra, acabarão sendo tocados um dia por essas mesmas verdades que aqui tomaram conhecimento, apesar de não as terem aceito no momento certo. Nada regride na caminhada dos filhos de Deus, pois o progresso e a evolução são uma constante em nossas vidas, apesar de, às vezes, nos parecerem de outra maneira.

– Mas o esquecimento...

– O esquecimento, Renato, é uma dádiva de Deus, sendo um imenso auxílio para nossa evolução. Como você já sabe, todos temos que, em primeiro lugar, procurar resgatar nossos débitos junto àqueles com os quais os contraímos para irmos aprendendo a máxima que nos ensinou Jesus: amar o próximo como a nós mesmos, utilizando-nos da caridade e do perdão como ferramentas primordiais em nosso trabalho de lapidação das arestas que trazemos em nossos corações. E o esquecimento de nosso passado é o auxílio que o Alto nos proporciona para chegarmos a esse fim.

Renato ouve atentamente as explicações de Norberto, seu instrutor, saboreando ansiosamente cada palavra, na tentativa de esclarecer a sua dúvida.

– Vou narrar-lhe uma pequena história que, tenho certeza, virá ao encontro de sua sede de esclarecimentos: na longínqua época medieval, em abastado feudo espanhol, Ramón, um de nossos personagens, trabalhava no controle da produção de leite de cabras, onde a sua função era a de fiscalizar a ordenha e arrecadar a parte que cabia ao senhor feudal. Nessa gleba vivia uma senhora enviuvada há pouco tempo e que possuía dois filhos: Luís, que contava com vinte e três anos e Ardonia, com dezenove. Ramón era apaixonado pela moça, porém, esta já havia sido prometida a Felipe, desde seu nascimento, pelos seus pais. Ardonia já havia assimilado essa promessa de casamento, sendo para ela um compromisso sagrado, ao qual sabia não poder furtar-se, pelo respeito aos pais e principalmente pelo respeito aos usos e costumes da época. Também não se sentia infeliz com isso, pois aprendera a amar o seu futuro marido. Mas Ramón não se conformava com o fato de não poder possuí-la e começou a perseguir as famílias compromissadas com aquele casamento, passando a denunciá-las ao senhor feudal, através de mentiras, alegando roubos de leite e acabando por ocasionar ordem de expulsão das mesmas. E, na noite que antecedeu a partida daquelas pobres pessoas caluniadas, Ramón intentou raptar Ardonia para satisfazer seus impulsos sexuais em um sítio perto dali. Porém, não conseguiu levar a efeito o seu intento, pois Felipe interceptou o raptor, atracando-se ambos em feroz luta, armados de facas. Infelizmente, a desventura espreitava os três jovens, pois Ramón atingiu Felipe na altura do peito, prostrando-o ao solo. Ardonia deu um grito, acusando-o de assassino e este, temeroso de que a moça relatasse o sucedido aos aldeões e, louco de ódio em ver o desespero dela, esfaqueou-a também, levando-a à morte imediata, não sem antes ver em seus olhos toda a revolta e ódio mortal que lhe transformou completamente o semblante. Mas a tragédia não terminara naquele momento, pois Felipe, mesmo ferido de morte, conseguiu levantar-se e cravar-lhe a faca nas costas, terminando tudo com a morte dos três que, impulsionados pelo ódio, passaram longos anos em terrível e triste contenda nos escuros desfiladeiros umbralinos até que, atendendo a processos intercessórios, o Alto permitiu que os três reencarnassem. Casaram-se, então, Ardonia e Felipe, recebendo Ramón por filho consangüíneo. E o providencial esquecimento propiciou a extração daquele ódio mortal, que o casal substituiu por profundo amor, o mesmo ocorrendo com Ramón em relação aos pais. Passaram por muitas dificuldades, mas conseguiram, com a ajuda de Espíritos amigos, vencer todos os percalços do caminho, chegando, inclusive, à prática do Bem. E hoje habitam juntos uma moradia neste Posto de Socorro, continuando um trabalho de assistência que iniciaram quando encarnados.

– Agora entendo melhor o porquê do esquecimento, – afirma Renato. – Mas... eles lembram hoje o que lhes aconteceu?

– Sim. O Alto permitiu, a título de ensinamento, que eles se lembrassem daquela infeliz encarnação.

– E eles?

– Como lhe disse, Renato, o amor venceu o ódio, pois foi muito mais forte.

– Seria possível conhecê-los?

– Como não...?

Dirigem-se, então, a uma colônia daquele Posto, onde alegremente são recebidos pelo casal e lágrimas emocionadas cobrem os olhos de Renato quando, ao abraçar Norberto, o casal o chama de ..."Filho querido".

REENCONTRO DE MÃES

– Mamãe, fale comigo... A senhora está me ouvindo? Quer que eu arrume os travesseiros?

Quem faz essas perguntas é Dulce, filha adotiva de dona Alzira que se encontra prostrada num leito de hospital, desenganada pelos médicos, apesar de toda sua lucidez. Lucidez que aumentava ainda mais o sofrimento de mãe e filha.

Dulce havia sido adotada há vinte e oito anos, ainda recém-nascida, quando sua verdadeira mãe faleceu ao lhe dar à luz. Dona Alzira, que não podia ter filhos, adotou-a e dedicou-lhe muito amor e extremados cuidados que lhe eram retribuídos, na mesma proporção, pela filha querida que não poupava esforços para recompensar aquela que a amparara.

Ambas eram espíritas praticantes e dedicavam boa parte do tempo no auxílio ao próximo, tanto espiritual quanto material e por todos eram admiradas como um exemplo de amor entre duas criaturas. Mas dona Alzira estava chegando ao fim de sua jornada terrestre e logo voltaria ao mundo espiritual.

– Minha filha... – balbucia, ofegante, a mãe. – Quero dormir um pouco... por favor... apague as luzes...

– Sim, mamãe – atende prontamente Dulce, sentando-se em seguida em uma cadeira ao lado da cama e fazendo uma prece.

Nesse momento, a visão mediúnica de dona Alzira se alarga e vê, ao lado da filha, o espírito de uma mulher que não consegue identificar e que começa a falar-lhe:

Minha querida amiga, meu nome é Tereza e gostaria de lhe contar uma história.

Dona Alzira meneia a cabeça, concordando.

– Há algum tempo, quando reencarnada aqui na Terra, tive, juntamente com uma amiga de nome Luzia, uma vida de muito luxo e prazeres, pois éramos, as duas, bem sucedidas cortesãs. Éramos muito bonitas e fazíamos os homens enlouquecerem e entrarem, algumas vezes, em grandes contendas por nossa causa. E levávamos, como já disse, uma vida libertina de muitas noitadas, muita bebida, muitas jóias e dinheiro. Na verdade, vendíamos nossos corpos para atender à luxúria de homens ricos e poderosos. Mas, certo dia, apesar de todos os cuidados que tomávamos, percebemos que ambas estávamos grávidas e essa verdadeira coincidência chegou a nos modificar em muito. Passamos a sentir, em nossos corações, grande desejo de sermos mães e, como já tínhamos conquistado uma boa fortuna, que poderia nos sustentar e aos nossos criados por muito tempo, pudemos passar os nove meses de gestação completamente voltadas para as perspectivas da chegada de nossos bebês. Porém, grande e espessa nuvem negra pairou sobre nós após o nascimento de duas meninas, nascidas com uma diferença de apenas algumas horas uma da outra. Luzia passou muito mal durante o parto e, por dois dias, nem ao menos chegou a ver a filha, tamanha a febre que a sacudia em tremores. Foi então que aconteceu o pior. Na manhã do terceiro dia, ao acordar, dirigi-me aos berços, que ficavam localizados um ao lado do outro, para ver as meninas. Ai, meu Deus! Que dor lancinante atingiu-me o peito ao ver que minha filhinha estava morta! Um grande desespero tomou conta de meu ser, mas, naquele instante de amargura, em que minha mente rodopiava e meus sentidos pareciam querer me abandonar, tomei e pus em prática uma decisão mórbida: troquei os bebês de lugar. Eram muito parecidos e Luzia nem os tinha visto ainda. Gritei então por socorro, fazendo com que minha governanta para ali acorresse e lhe mostrei, entre soluços, a criança morta, dizendo-lhe que era a de Luzia. Quando minha pobre amiga teve conhecimento da morte da filha, entrou em estado de choque e, já com o corpo bastante debilitado, veio a falecer em pouco tempo. Oh, meu Deus! Luzia morrera por minha culpa! Daí em diante, comecei a viver com grande remorso e enorme peso na consciência, passando a me dedicar vinte e quatro horas por dia àquela menina que me chamava de mãe. Os anos foram se passando até que a morte veio libertar-me de meu corpo, vendo-me, então, no plano da verdadeira vida, onde nada se pode esconder e sofri muito, principalmente ao encontrar Luzia em estado lastimável, pois alimentara grande ódio por mim ao tomar conhecimento do ocorrido. Lutei muito na tentativa de resgatar aquela minha dívida.

Quanto sofri e quanto orei, pedindo auxílio aos Céus! Não quero e nem devo entrar em detalhes de tudo o que passei por muitos, muitíssimos anos. Incontáveis anos até surgir a minha grande oportunidade de fazer com que aquele ódio de minha amiga pudesse ser transformado em amor. E como isso poderia ocorrer? De uma única maneira: devolvendo a ela sua filha. Reencarnamos então eu e Luzia. Pelos descaminhos sexuais por nós praticados, tivemos problemas quando adultas: Luzia, estéril e eu, mãe solteira e sozinha, dei à luz uma menina, após ter sido recolhida por bondosas freiras de debaixo de uma ponte, que era onde eu morava. Porém, como minha amiga, no passado, não cheguei a ver minha filha, pois desencarnei após o trabalho de parto. Minha amiga dirigiu-se, então, conduzida pela intuição de espíritos caridosos, ao orfanato onde minha filha recém-nascida fora recolhida e adotou imediatamente aquele espírito reencarnado que, um dia, habitara um outro corpinho, gerado por ela. E quanto amor e carinho ela proporcionou àquela filha, por mim também um dia, adotada. A menina, por duas encarnações, não foi criada pelas próprias mães, mas quanto amor essas duas mães adotivas lhe ofertaram!

Dona Alzira não consegue conter as lágrimas e Tereza continua:

– E eu estou aqui, minha querida amiga, para auxiliá-la nessa sua iminente passagem para este novo plano e para dizer-lhe que, na verdade, a verdadeira mãe não é apenas a que gera seus próprios filhos, mas, principalmente aquela que os cria com muito amor e dedicação, dirigindo os seus passos no caminho do bem como você fez com Dulce.

Dona Alzira chora copiosamente e fala ao mesmo tempo com Tereza e Dulce, pois esta quer saber o que está acontecendo, ao ver a mãe chorar daquele jeito.

– Não é nada, não, minha filha. – responde com palavras entrecortadas de emoção. – É que estou muito feliz pois estou vendo uma grande amiga que veio me buscar.

– Mamãe...! balbucia, também emocionada, a filha.

– Você entendeu toda essa história, Alzira? – pergunta-lhe Tereza, soluçando de emoção e expectativa. – Você me perdoa?!

– Entendi, minha amiga, e, depois de tudo, nada tenho a lhe perdoar. Tenho, sim, que lhe agradecer pelo sacrifício que fez, devolvendo-me a filha do coração.

– Que é, mamãe? O que você está dizendo? – pergunta-lhe Dulce, sentando-se na cama e abraçando a mãe.

– Dê-me um beijo, filha, e... que Deus a abençoe. – diz Alzira, desprendendo-se do corpo físico, auxiliada por Tereza e outros tantos espíritos ali presentes.

E Dulce, abraçada ainda ao corpo inerte da mãe, chega a ouvir de novo as suas últimas palavras: "...que Deus a abençoe.", porém, desta vez, como se fossem duas as vozes a lhe falar em coro.

EUTANÁSIA

– O que aconteceu com Carlos, Antônia? – pergunta Sílvia, apreensiva, na sala de espera de um grande hospital.

Antônia não contém as lágrimas ao ver a amiga e a abraça como que procurando um ponto de apoio e segurança. Alguns parentes e amigos mais próximos já lotam as acomodações daquele cômodo à procura de notícias.

– Ainda não sabemos ao certo, Sílvia. O Carlos teve um desmaio repentino e o trouxemos para cá. Estamos aguardando o doutor Medeiros que está cuidando dele. Estou muito preocupada, sabe? Carlos, há alguns meses, não vinha se sentindo bem, com dores no peito e dificuldade em respirar, quando submetido a algum esforço um pouco maior. Pedia-lhe que procurasse um médico, mas você o conhece: é muito teimoso. Só pensa em seu trabalho e ficava protelando a consulta. Pedi-lhe tanto que procurasse o doutor Medeiros... – irrompe em nova crise de choro. – Por que o doutor demora tanto...?! Sabe... fiquei sabendo, por intermédio de uma enfermeira, que ele chamou mais dois médicos para auxiliá-lo. Tenho tanto medo... Carlos está no Centro de Tratamento Intensivo.

Nesse momento, entra um dos enfermeiros que prestou socorro assim que Carlos chegou ao hospital.

– Como ele está?! – pergunta-lhe Antônia. – Já faz três horas que estou aqui e ninguém me dá notícias.

O enfermeiro explica-lhe, então, que seu marido estava sendo operado, mas que tudo estava correndo bem, que a cirurgia era inevitável, tendo em vista que Carlos havia sofrido um infarto e que estavam lhe implantando uma ponte de safena. Antônia fica lívida com a notícia e aguarda impacientemente a presença do médico. Quando este chega, quase uma hora depois, encontra na sala apenas Antônia, Sílvia e Pedro, irmão de Carlos. Os demais amigos e parentes haviam ido embora, ficando de voltar mais tarde. O médico então senta-se, circunspecto, ao lado de Antônia.

– E aí, doutor? Como está o meu Carlos?

– Dona Antônia, o caso de seu marido não é nada bom. Ele teve um infarto e fizemos todo o possível. Implantamos-lhe duas pontes de safena, mas, infelizmente ele não teve a reação esperada. Na verdade, seu estado é tão delicado que, durante a cirurgia, cheguei a pensar que ele não sobreviveria.

– Meu Deus!!! Por favor, doutor, faça tudo o que estiver ao seu alcance – roga-lhe Antônia.

O doutor Medeiros diz-lhe que Carlos está sendo

muito bem atendido, mas que suas chances de sobrevivência são muito remotas. Instado por Pedro, a sós, afirma-lhe que seu irmão não está sofrendo porque está sob efeito de fortes sedativos.

*

No Centro de Tratamento Intensivo, aos olhos dos encarnados, Carlos parece estar sozinho, ouvindo-se apenas o arfar de sua respiração e o som dos instrumentos que o mantêm vivo. Mas, na verdade, encontra-se cercado por várias entidades do Mundo Espiritual, sob o comando de Genésio, que dirige esse verdadeiro grupo de socorro. O perispírito de Carlos encontra-se desprendido do corpo material e deitado ao lado deste, estando ligados pelo cordão luminoso fluídico e outras centenas de fios negros por sobre os quais trabalham as diversas entidades socorristas no serviço de desligamento.

– Está muito difícil, irmão Genésio. O infeliz luta muito pela sobrevivência e, recordações de seu passado, de uma vida anterior, torturam-no, pela consciência pesada de seus atos. Ouça os seus gemidos.

– Concentre sua atenção, Laerte, em suas costas e verá uma esfera negra a lhe sugar as energias.

– Um ovóide?

– Sim. Há já alguns meses esse ovóide foi aí instalado por inimigo do passado. Procure concentrar-se nos pensamentos de Carlos e verá que essa massa informe, não somente lhe rouba as energias como, hipnoticamente, lhe martela o cérebro com idéias e visões mórbidas de atos cometidos em encarnação anterior. Como você sabe, os ovóides são Espíritos que, de tão devedores, perderam, não somente a forma anterior de seres humanos que foram, como a própria consciência, vivendo em estado vegetativo. Manipulados por entidades do mal, prestam-se, movidos por ordens, também hipnóticas, a essa finalidade de, indefinidamente, como já disse, sugar as energias do Espírito obsediado, inoculando, como se fossem verdadeiros aparelhos gravadores, idéias fixas nas mentes descuidadas de suas vítimas, levando-as a atrozes sofrimentos da consciência, podendo, como no caso de Carlos, contribuir com um infarto, já que este possuía, em conseqüência de desregramentos no modo de viver, o aparelho circulatório bastante comprometido.

– E o que faremos?

– Como você sabe, – continua Genésio – estamos empenhados neste trabalho por força de méritos desse nosso irmão Carlos que, nesta encarnação, muito realizou em prol de criaturas necessitadas, colocando sua influência, seu amor e mesmo seus recursos materiais num trabalho de assistência a um pobre bairro desta cidade. Centenas de entidades já desencarnadas e outras tantas vibrações de agradecimento por parte de seres por ele auxiliados, clamam e lhe dão direito a esta ajuda em seu desenlace. Apesar de seus débitos do passado, hoje ele se encontra bem próximo de resgatá-los, através dessa encarnação plena de atividades no auxílio e amor ao próximo, cumprindo aquilo que se propôs antes de retornar à vida terrena.

Laerte, neófito ainda nesse tipo de trabalho e que está acompanhando a equipe, como parte de seu aprendizado, presta muita atenção ao que lhe explica o irmão Genésio, que continua:

– Mas voltando à sua pergunta inicial, teremos que, primeiramente, retirar esse ovóide antes de desligá-lo completamente de seu corpo físico. Seria muito desastroso para ele desencarnar portando no perispírito essa forma obsessiva. Precisamos, para isso, realizar uma longa viagem até o vale das sombras em busca de seu desafeto Porfírio, para colocá-los face a face, numa tentativa de reconciliação, o que nos facilitará o trabalho.

– E quanto tempo levaremos?

– Não sei precisar. A entidade responsável por essa, digamos, vingança contra Carlos, dirige atualmente uma legião de Espíritos infelizes que realizam trabalhos dessa natureza, a mando de poderosa organização do mal. E o que é pior: essa, como já disse, vingança, não foi encomendada; ela é pessoal, pois Carlos, em outra vida, causou grande mal a um Espírito de profundas ligações com Porfírio.

Partem então Genésio e mais quatro outros Espíritos rumo ao vale das sombras, na difícil tarefa de demover Porfírio da adiantada missão vingativa. Antes, porém, Genésio passa instruções a seu substituto imediato e às demais entidades, inclusive Laerte, que permanecerão no hospital, não só tentando mitigar, na medida do possível, o sofrimento de Carlos, como também protegendo-o de outros fatores externos.

O tempo corre e, passados oito dias, vamos encontrar a família reunida na sala do doutor Medeiros.

– Eutanásia?!!! – assombra-se Antônia diante dessa idéia sugerida por outros familiares, com o respaldo do médico responsável.

– Tenha calma – roga-lhe Pedro. – O doutor Medeiros está nos informando que não há mais o que fazer pelo Carlos e que ele pode estar sofrendo muito. Na verdade, ele praticamente está morto em vida e nada o fará voltar ao nosso convívio.

Antônia pede um tempo para pensar, pois acredita que somente a Deus cabe o direito de tirar a vida de um de seus filhos e sempre poderá ocorrer um milagre, hipótese rapidamente descartada pelo médico. Cabisbaixa, deixa a sala, acompanhada pelos outros, ficando apenas Pedro e o doutor Medeiros. Este lhe explica que não pode tomar nenhuma atitude sem o consentimento da família, principalmente o da esposa.

– Mas o senhor poderia, talvez, desligar algum aparelho, sem que ninguém ficasse sabendo – argumenta Pedro. – É muito difícil para mim, pedir-lhe isso, mas não agüento mais ver o meu irmão sofrendo e, como o senhor diz, sem nenhuma esperança.

O médico está quase para concordar com a idéia, mas decide também pedir um tempo para pensar. Inicialmente, a sua verdadeira intenção era a de concordar com Pedro, mas por interferência da equipe espiritual, através de intuição lançada sobre sua mente, prorroga a decisão mais uma vez, haja vista que essa idéia de desligar os aparelhos já havia sido cogitada no dia anterior e grande estava sendo o trabalho dos Espíritos para evitar essa providência que, em muito, prejudicaria Carlos.

– Quando será que os homens irão compreender que não cabe a eles decidir sobre a vida de um irmão? – comenta Laerte às outras entidades reunidas em torno do perispírito de Carlos, já mais calmo em conseqüência dos constantes passes magnéticos a ele dirigidos nesses oito dias decorridos, nos quais muitos dos negros fios que o prendiam ao corpo já haviam sido desligados. O trabalho daqueles abnegados irmãos é intenso, pois, além de tentarem amenizar um pouco a ação do ovóide, muito têm que concentrar-se na tarefa de impedir que os parentes de Carlos convençam Antônia e o doutor Medeiros a desligar os aparelhos. A vigilância é constante, inclusive protegendo o paciente da ação de Espíritos obsessores, a mando de Porfírio.

Nesse momento, irrompe no Centro de Tratamento Intensivo uma das entidades que havia ido ao vale das sombras, juntamente com o grupo.

– Meus irmãos, Genésio já está voltando, trazendo Porfírio. Vim antes pois temos muito a fazer. A noite já está caindo e precisamos trazer até aqui um Espírito encarnado. Teremos que nos aproveitar do desprendimento durante o sono.

*

São perto de duas horas da madrugada quando

Genésio entra no Centro de Tratamento Intensivo, juntamente com Porfírio e mais outras entidades do grupo de socorro. Porfírio traz marcante fisionomia de contrariedade a lhe transparecer na grotesca e tenebrosa face que apresenta, destoando grandemente sua figura negra daqueles seres de luz que o cercam carinhosamente.

– Olhe aqui, Genésio! Como já lhe disse, apenas concordei em vir com vocês porque prometeram-me algo que me interessa muito, apesar de não acreditar em quase nada do que me disseram. Mas ai de vocês se vierem com truques!!!

– Acalme-se, meu irmão. Ninguém aqui tem o desejo de lhe enganar. Tenha um pouco de paciência e aguarde um pouco.

– Paciência...!!!

Mais alguns minutos transcorrem e Antônia entra no recinto, em Espírito, acompanhada pelas entidades que a foram buscar. Nota-se, partindo de seu perispírito, o cordão de luz a ligá-la ao corpo adormecido, em seu lar, a alguns quilômetros dali.

– Quem é essa?!!! – exclama, com raiva, Porfírio. – Quem é essa infeliz, liberta do corpo?! Não a conheço.

– Você não a reconhece, Porfírio? – pergunta-lhe Genésio.

– Sim! Agora me lembro. É a esposa desse infeliz aí! Desse infeliz que está pagando o mal que me fez!

E vai pagar mais caro ainda! Só estou esperando que ele passe para este lado! Vocês verão!

– Porfírio, fixe seus olhos na esposa de Carlos. Nós todos vamos lhe dirigir as nossas luzes e os nossos pensamentos e pedir a Jesus que amplie a sua visão.

É então que Porfírio solta um grito de estupefação, quando a fisionomia de Antônia se transfigura na de uma outra criatura: uma linda moça de cabelos negros e longos.

– Você a reconhece, agora?

– Minha filha!!! O que é isto?! Um truque?!

– Não é um truque, não, papai. Sou eu mesma e lhe imploro que livre Carlos desse martírio e o deixe partir em paz, junto a essas benevolentes entidades de luz. Ele já resgatou o mal que me causou no passado, casando-se comigo nesta nova encarnação, dando-me todo o carinho, dedicação e amparo. Auxiliou também a muitos outros Espíritos, seus credores.

Porfírio ajoelha-se diante da filha.

– Por favor, papai. Atenda a este pedido e procure se modificar intimamente para que, um dia, possamos nos reencontrar nesse verdadeiro lado da vida.

– Não sei...

– Por favor, papai.

Porfírio, então, lentamente dirige-se a Carlos e retira-lhe o ovóide.

– Papai, auxilie também esse pobre Espírito, escravo dessa informe situação.

Lágrimas correm pelo rosto do obsessor que, antes de transpor a porta, carregando consigo o estranho ser, volta-se para a filha e exclama, entre soluços:

– Um dia nos encontraremos, filha querida.

– E eu o auxiliarei – promete Genésio, acompanhando-o, enquanto outros Espíritos levam Antônia, já de volta à sua antiga forma, para o seu lar.

O restante dos fios e o cordão que liga o perispírito de Carlos ao corpo são desligados e, então, agora liberto, é carregado por Laerte e os outros para uma colônia de tratamento e socorro do Plano Espiritual.

Um pequeno alarme de um dos aparelhos soa, intermitente, indicando à enfermeira de plantão que aquele corpo não tem mais vida.

– Belo trabalho! – exclama Laerte aos outros, a caminho da colônia.

– Sim, meu irmão – responde-lhe um dos companheiros de jornada. – Um belo trabalho. Um belo trabalho que quase foi interrompido pela eutanásia dos homens.

A ESCOLHA DO CACIQUE

– Você tem razão, Inhaua. Já estou bastante velho e quase já não enxergo mais. Está na hora de ser escolhido um novo chefe para a nossa tribo.

– Perdoe-me dar-lhe esse conselho, Cacique Auapa, mas não queremos que cerre os olhos para sempre sem que tenha sido escolhido o seu sucessor. Os homens da tribo fazem questão que o Cacique faça a escolha. Todos confiam na sua sabedoria.

– Pois diga a eles que farei a escolha no amanhecer da próxima lua.

– Seremos eternamente gratos e juramos obedecer às ordens do escolhido.

Cacique Auapa sempre fora um amado e respeitado chefe daquela tribo de índios que nele depositava toda a confiança por causa de sua grande sabedoria. Aqueles índios acostumaram-se a não tomar nenhuma decisão sem consultá-lo e queriam que ele fizesse a escolha de seu sucessor, pois percebiam que, muito em breve, talvez, o grande sono o transportaria para a terra dos bravos e justos guerreiros.

Naquela mesma noite e num profundo silêncio, toda a tribo reuniu-se defronte da oca do venerado chefe, ao redor de uma grande fogueira, aguardando ansiosamente suas palavras.

– Meu povo, – iniciou Auapa, com a voz muita baixa, devido à sua avançada idade – como já mandei anunciar a todos, farei a escolha de meu sucessor no amanhecer da próxima lua, através de uma competição, seguindo, como sempre, a tradição de nossos antepassados. Tenho plena certeza de que os Espíritos nos auxiliarão e que o melhor será o vencedor.

Não era bem essa a maneira que os índios gostariam que fosse a escolha, porque queriam que Auapa determinasse quem seria o novo cacique sem que fosse preciso colocar em prova a força e a resistência de cada um dos homens. Aquela tribo, localizada bem distante da civilização, era adepta da paz e somente havia entrado em luta corporal com outras tribos quando essa atitude fora inevitável. Primavam muito pela vida humana, procurando sempre evitar a guerra chegando mesmo a mudar, por várias vezes, a localização de sua aldeia, quando o perigo de um confronto se aproximava. Eram exímios caçadores e seus guerreiros treinavam combater mais como um respeito à tradição do que como uma forma de treinamento para a luta. Como religião, faziam culto aos Espíritos de seus antepassados e com eles conversavam, através da mediunidade de alguns de seus membros e, principalmente, através de Auapa, o Cacique, que possuía o dom da vidência. Em noites predeterminadas, geralmente por dias contados a partir de algumas fases da lua, reuniam-se no centro da taba e ficavam em silêncio, ouvindo conselhos dos Espíritos, com Auapa descrevendo e nomeando os visitantes do Espaço, bem como os lugares de onde vinham e a Grande Cena que eles plasmavam naquele local. E, naquela noite, todos concordaram com a sua decisão, tendo em vista, não somente a grande confiança e fé que depositavam nele, como também, na que depositavam nos Espíritos dos Guerreiros de Luz, que era como Auapa os denominava e que, certamente, o ajudariam na escolha do novo Chefe.

Finalmente, chega o grande dia. Ainda é madrugada escura, mas todos já estão em pé, aguardando a chegada de Auapa e quando o Sol finalmente derrama sobre a aldeia seus primeiros raios de luz, este sai de sua oca acenando um cumprimento a todos As mulheres e as crianças acomodam-se a uma respeitável distância e somente os homens ali se aglomeram, desde os mais jovens, já em idade de competir, até os mais idosos e doentes porque esse era um acontecimento tão elevado que seria uma desonra enorme se algum deles não participasse.

– Meus bravos guerreiros. A competição será realizada naquela elevação que o Sol ilumina – inicia Auapa, apontando para uma colina bastante íngreme e acidentada, repleta de arbustos, árvores de todas as espécies e muitos espinhais e continua – Eu, juntamente com Inhaua, nosso curandeiro, e mais três conselheiros, subiremos até ela por meio de sua trilha lateral. Tão logo lá cheguemos, darei um sinal com as mãos e todos iniciarão a subida por este lado. Todos sabemos das dificuldades que terão que vencer nessa empreitada e, por isso, estaremos lá aguardando-os e entoando cantos de coragem. E quando a Árvore de Inhaua fizer sombra sobre a sua oca, estará terminada a competição e, então, será escolhido aquele que me substituirá.

Dizendo isso, Auapa, acompanhado de Inhaua e dos conselheiros, iniciam a fácil subida pela trilha limpa e menos íngreme e, em menos de uma hora, aparecem no topo da colina. Auapa, então, ergue os dois braços, sendo ovacionado pelos índios. E, aguardando alguns segundos com os braços levantados, abaixa-os repentinamente, dando início à disputa. Sentam-se os cinco homens um pouco afastados da encosta da colina e começam a entoar canções de encorajamento, porém, o coração de Auapa encontra-se oprimido. Gostaria de nomear Taimã como seu sucessor e só não o fez porque ouviu o Espírito de seu pai que o aconselhara a realizar esse tipo de disputa. Considerava Taimã como o filho que não pudera ter e via nele inumeráveis virtudes e pensamentos idênticos aos seus.

Passam-se algumas horas e os primeiros guerreiros começam a chegar ao topo da colina, portando, a maioria, inúmeros ferimentos e escoriações por todo o corpo. – E Taimã? Por que não chega? – O coração do velho Cacique começa a apertar-se de preocupação. O tempo vai passando e outros vão chegando e colocando-se num espaço determinado, atrás de Auapa. Ninguém fala, pois o silêncio faz parte daquele antigo ritual. Jovens já ali estão, seguidos de velhos e um bom número de doentes. Nessa altura, os raios do Sol já estão se aproximando da Árvore de Inhaua e logo projetará sua sombra por sobre a sua oca, quando, então, a disputa estará terminada. – E Taimã? – O tempo continua passando e, de repente, surge o mais velho e o penúltimo dos homens, agarrando-se numa moita e conseguindo alcançar o topo com muito esforço, parecendo que algo incomum o impele para cima. – E Taimã? – O semblante de todos os guerreiros apresenta já grande tristeza, com essa pergunta a lhe martelar os pensamentos. É, então, que Auapa não consegue conter-se e rompe o silêncio com forte grito:

– Taimã!!!

O brado do velho Cacique ecoa por toda a floresta, parecendo transportar para aquele local todas as forças do Universo porque, nesse preciso momento, a mão de Taimã aparece por sobre o horizonte da colina e sua voz cansada e rouca responde, pedindo:

– Ajudem-me!

Auapa dá um sinal e dois fortes guerreiros correm até lá, trazendo Taimã, bastante ferido e extremamente extenuado, sendo preciso ampará-lo para que fique em pé, diante do Cacique. Este, então, compreende prontamente o que acontecera e, volvendo o olhar para todos os outros índios, faz o sinal para que estes possam romper o silêncio. E é em uníssono que todos gritam o nome daquele que gostariam que fosse o sucessor de Auapa:

– Taimã!!!... Taimã!!!... Taimã!!!... Taimã!!!

* * *

– Por que estão gritando o nome de Taimã, mamãe? – pergunta um pequeno índio à sua mãe, após assistirem a tudo lá da aldeia.

– Taimã será o nosso próximo Cacique, meu filho.

– Por que, mamãe?

– Por causa de seu grande coração. Ao invés de tentar ser o primeiro a alcançar o topo da colina, preocupou-se com os velhos e os doentes, não deixando que eles se sentissem desonrados em não conseguir, pelo menos, subir até lá. E com sua grande força levou-os todos até o cume, um a um, até lá chegar tão extenuado e sem forças que precisou rogar auxílio.

– Então ele não conseguiu chegar lá com suas próprias forças?

– Chegou, sim, meu filho. Chegou com a força da caridade ao amparar todos os seus irmãos e com a força da humildade em rogar ajuda e auxílio no momento mais difícil. Taimã será um grande Cacique.

NÃO ESTAMOS SOZINHOS

– Que Deus o acompanhe, Miro, e procure levar, daqui para a frente, uma vida digna e honesta. Espero não vê-lo mais aqui, a não ser se for para visitar algum amigo, apesar de que seria bom afastar-se de todos eles – diz o Diretor da Penitenciária, ao libertar o jovem, após dois longos anos de reclusão por assalto à mão armada.

– Pode ficar tranqüilo, senhor Diretor. Para cá, nunca mais, apesar de que...

– Apesar do quê, Miro?

– Bem... será que conseguirei arrumar algum emprego?

– Você não tem mais nenhum parente, além dos que fugiram?

– Não. Meus únicos parentes eram minha mãe e meu padrasto, os quais nunca mais vi, depois daquele assalto.

– Nenhuma notícia? – pergunta o Diretor, com desconfiança.

– Nenhuma, senhor Diretor. Nem um recado. Nada.

– Acha que o procurarão se souberem que foi libertado?

– Só se for para tentarem me convencer a entrar para o crime.

– Como foi isso, Miro?

O rapaz de vinte e dois anos senta-se lentamente numa poltrona, na sala do Diretor e responde, sem muita expressão:

– O senhor sabe que minha mãe nunca me perdoou por eu ter nascido?

– Imagino...

– Desde pequenino fui criado aos tapas e pontapés. Nem chorar de fome eu podia. O senhor sabe que quando estamos com fome, o choro diminui a dor do estômago?

– Não. Nunca ouvi falar disso.

– Pois pode acreditar. Além disso, a fome destrói um pouco nosso cérebro, sabia?

– Pode ser, porque falta alimentação e todo o nosso corpo precisa de alimento para sobreviver.

– Eu não me referi ao cérebro material, não. Estava falando do nosso pensamento, de nossa mente.

– A falta de alimentação destrói a mente?

– Destrói porque, pior que a fome que nos faz doer

todo o abdome, é a revolta de saber que outras pessoas têm o que comer, o que esbanjar, na maioria das vezes, e você nada tem. Sabe o que é nada? É nada.

– Você passou realmente por isso?

– Muitas e muitas vezes e, aí, você vai ficando cada vez mais revoltado, inclusive com seus pais que nada fazem para melhorar essa sua vida, ao mesmo tempo que passa a ser um estorvo para eles. É muito triste...

– E foi por isso que entrou para o crime?

– Não. Apesar de tudo, algo sempre me impediu de fazer mal a quem quer que fosse.

– E por que o assalto? Você nunca fala sobre isso.

– O assalto? – responde Miro, desanimado. – O senhor não vai acreditar. Aliás, ninguém iria acreditar. É por esse motivo que nunca falo dele.

– Pois fale-me agora.

– Bem, senhor Diretor, eu nunca participei de assaltos e, muito menos daquele.

– É o que todos dizem.

– Vou-me embora... – diz Miro, levantando-se.

– Espere, Miro. Sente-se – pede o Diretor, percebendo que o rapaz parecia estar dizendo a verdade e seu comentário havia sido instintivo, acostumado que estava com aquelas afirmativas, na maioria das vezes, falsa.

Miro senta-se novamente.

– Fale, meu filho.

– Como estava dizendo, além de toda a miséria, de todo o sofrimento, cresci abandonado por minha mãe e meu padrasto. Cresci nas ruas, pedindo comida ou qualquer outra coisa que precisasse, desde roupas até cobertores, no tempo do inverno. Os meus amigos não eram diferentes de mim, a não ser pelo fato de, quase todos eles, prefe-rirem fazer pequenos serviços sujos, a mando de adultos, principalmente roubar ou transportar mercadorias roubadas. Mas eu sempre tive uma certa aversão por esse tipo de atividade, não sei se por medo de ser preso ou porque não achava correto. Até era chamado de maricas por freqüentar uma escola à noite, onde aprendi a ler e a escrever.

– Continue – pede o Diretor, interessado na história.

– E, por esse motivo, vivia sempre sendo castigado pela minha mãe porque não concordava em participar de roubos, já que ela e meu padrasto tornaram-se mandantes dessa atividade, junto a um grupo de menores. Eu era considerado um inútil que nada fazia para ajudar na manutenção de meu lar, se é que aquilo poderia ser chamado de lar.

– E, então...?

– Bem, o tempo foi passando e, já com dezenove anos, decidi abandonar aquela vida de sofrimento e humilhações, pois era um pária daquela sociedade, onde os criminosos detinham grande valor perante todos. E saí de casa, em busca de uma vida mais condizente com a minha natureza. Pode parecer estranho, mas no mesmo dia em que abandonei o meu lar, consegui arrumar um emprego de ajudante, numa construção, onde o que ganhava dava para me alimentar, pois a obra era muito grande e os construtores preferiam que seus operários fizessem ali mesmo as refeições, fornecendo a comida, que era paga através de desconto em nossa folha de pagamento. Também possuía dormitórios para aqueles que necessitassem. Que sorte a minha!, pensei, pois foi, realmente, um grande acaso que fez com que eu arrumasse aquele serviço.

– Como assim? – pergunta o Diretor, curioso.

– Veja só: eu estava passando em frente dessa construção, numa rua muito movimentada e já estava no fim dela, quando um homem, um senhor de avançada idade, chamou-me, mostrando um anúncio de "precisa-se de ajudante" pregado no tapume da obra. Voltei para ver o que era e agradeci ao homem que, sorrindo, afastou-se. Imediatamente falei com o encarregado, que empregou-me. Trabalhei lá por um ano e meio, época mais feliz de minha vida, pois tinha comida, cama e ainda me sobrava algum dinheiro que enviava à minha mãe, mais por vaidade do que por amor.

– Entendo.

– Terminado esse trabalho, imediatamente consegui outro, nas mesmas condições, desta feita indicado por uma senhora, bastante idosa, no momento em que a auxiliava a atravessar movimentada avenida.

– Como foi isso?

– Sorte, também. Estava ajudando-a, como já disse, com a atenção voltada para o trânsito, quando ela me perguntou se eu tinha emprego. Falei-lhe que estava à procura e, então, mostrou-me um enorme anúncio, do outro lado da avenida, um pouco mais à direita. Agradeci-lhe e, dirigindo-me até lá, fui empregado.

– Interessante.

– E, por incrível que possa parecer, consegui também, através do dono de uma banca, uma colocação que estava procurando.

– Que colocação?

– Bem, eu não queria ficar o resto da vida trabalhando como ajudante de obras e sempre tive vontade de trabalhar como cozinheiro. Talvez, motivado por toda a fome que passei pela vida.

– Pode ser.

– E resolvi, então, procurar algum lugar para aprender essa profissão. Foi quando, ao aproximar-me de uma banca de jornais e revistas, ouvi o seu proprietário falando para uma outra pessoa, que seu irmão mais velho havia comprado um restaurante e que estava precisando de um ajudante de cozinha. Foi então, que consegui com ele o endereço do restaurante e fui aceito. O proprietário era um homem muito bom e disse-me que se tivesse vontade, ele me transformaria num grande cozinheiro e permitiu também que eu me instalasse num pequeno quarto, nos fundos da firma. O senhor não acha que tive muita sorte?

– É... você teve muita sorte... mas e o assalto?

– Esse foi o meu grande azar.

– Azar?

– Sim, senhor Diretor. Eu havia ido entregar uma encomenda de pizzas e estava voltando para o restaurante quando, ao passar à frente daquele Banco, olhei para o seu interior e vi meu padrasto. Não percebi, naquela hora, o que estava ocorrendo e, tomado por um impulso filial, resolvi entrar para falar com ele e pedir notícias de minha mãe. Foi quando tudo aconteceu. Houve uma troca de tiros dentro do Banco e meu padrasto e mais alguns outros homens, alguns conhecidos, saíram correndo em direção à rua. Fiquei estático, bastante assustado e, quando um dos assaltantes me reconheceu, colocou um revólver em minha mão, gritando:

– Miro, faça alguma coisa. Dê-nos cobertura. E continuou correndo, atirando com outra arma, ficando eu à mercê do fogo cruzado. Desesperado, saí correndo, com a arma na mão, sendo preso logo em seguida pela Polícia que, acionada, estava chegando. O resto, o senhor já sabe.

– Meu Deus! – exclama o Diretor – Mas se isso for verdade...

– É a pura verdade.

– Mas precisamos fazer alguma coisa.

– Infelizmente, acho que não há nada a fazer, pois fiquei sabendo que esse homem que me entregou a arma, foi morto no local e meu padrasto, minha mãe e os outros, não foram localizados. Eles seriam as únicas pessoas a testemunhar em meu favor e nem sei se o fariam e, talvez, nem acreditassem neles.

– Sinto muito, Miro. Mas não se preocupe. Vou tentar ajudá-lo. Tenho um amigo, dono de um grande restaurante e vou falar com ele. Explicarei a sua história. É um homem muito bom e, tenho certeza, o ajudará.

– Ficarei eternamente grato, senhor.

– Procure-me amanhã, Miro, e tome este dinheiro para que possa comer alguma coisa. Vou dar-lhe também o endereço de um albergue, para dormir esta noite.

– Deus lhe pague. O senhor é um homem muito bom e pode confiar em mim.

Miro, então, despede-se e sai da penitenciária, caminhando esperançoso com uma nova perspectiva de trabalho.

– Ei, moço, cuidado!!! – berra-lhe um transeunte, na movimentada avenida.

– Meu Deus!!! O moço foi atropelado – exclama uma mulher.

– O que aconteceu?! – pergunta um menino a outro.

– O homem foi atropelado pelo ônibus.

– Está morto?

– Está – responde um guarda, examinando o batimento cardíaco do jovem.

* * *

Tempo depois, Miro desperta no verdadeiro plano da vida, mais precisamente, num Hospital, onde, já refeito do acidente, procura entender o que está lhe acontecendo. Sérgio é o Espírito encarregado de auxiliá-lo nesses primeiros momentos, pedindo-lhe muita calma e explicando-lhe o que ocorrera. Miro encontra-se abismado com tudo aquilo, pois nunca se preocupara muito com essas questões da sobrevivência da alma.

– Serei o seu guia aqui, – informa-lhe Sérgio – mas, por hoje, já conversamos bastante. Procure descansar mais um pouco.

E dá-lhe de beber um caldo apropriado.

Alguns meses se passam e Miro freqüenta muitas reuniões de aprendizado. Entusiasma-se muito com as leis de causa e efeito e com o intercâmbio entre os dois planos, material e espiritual. Também lhe é explicado que, na verdade, está apenas recordando muitas das coisas ensinadas, tendo em vista que o esquecimento do passado, quando da reencarnação, não apaga as idéias que permanecem na mente do Espírito, de maneira latente e perene.

Mais algum tempo se passa e vamos encontrar o

nosso jovem lendo um livro num dos jardins daquele tranqüilo local de refazimento e aprendizado. Sérgio, então, aproxima-se dele e diz que já está em condições de receber algumas visitas, com as quais muito aprenderá.

– Visitas?! Que visitas? Não conheço ninguém que pudesse querer visitar-me.

– Venha, Miro. Você verá.

Sérgio leva o rapaz a um local, onde um grande número de Espíritos o recebe carinhosamente como se o conhecessem de há muito tempo. O rapaz sente-se muito feliz com toda essa demonstração de amor, mas não a entende, pois não consegue identificar nenhuma daquelas entidades. Terminados os cumprimentos, todos permanecem em silêncio.

– Não estou entendendo nada, Sérgio. Quem são?

Sérgio, então, toma a palavra.

– Miro, você, hoje, já está em condições de entender o que vou lhe explicar. E pretendo começar, fazendo-lhe uma pergunta. Você poderia imaginar por quantas encarnações já passou?

– Não.

– Por esse motivo, você teria condições de imaginar quantos Espíritos lhe dedicaram muito amor, por todas essas vidas?

Uma lágrima brota nos olhos do rapaz, pois percebe o que Sérgio está querendo lhe dizer e fica tentando imaginar o que teriam sido todas aquelas entidades para ele e imagina quantas outras, ali não estão, porque, neste momento, devem estar vivendo no mundo corporal.

– Miro, muitas vezes, imaginou estar sozinho no mundo físico, não foi?

– Sim.

– Meu rapaz, o que lhe aconteceu, ou seja, a sua prisão, aparentemente injusta, e a sua desencarnação, através de marcante acidente, lhe será, daqui a algum tempo, explicada, dentro dos preceitos de causa e efeito que você já estudou e está entendendo muito bem.

– Certo. Já pensei bastante sobre isso.

– Muito bem. Mas o que gostaria que aprendesse, neste momento, é o quanto somos auxiliados pela Espiritualidade, através de Espíritos abnegados, geralmente ligados ao nosso passado e que, através da intuição, chegam a movimentar muitas pessoas, em nosso benefício.

– Sim...

– E, para ilustrar melhor, quero que se recorde de apenas três episódios de sua vida na Terra, apesar de ter havido inúmeros outros, dessa natureza, onde é necessário aprender que não existe acaso ou sorte. Tudo o que nos acontece é porque houve uma causa e que somos merecedores de tais acontecimentos.

– Certo...

– Você se recorda, Miro, de quando alguém teve a idéia de mostrar-lhe um quadro de "precisa-se de ajudante" e de uma senhora de idade que você ajudou a atravessar uma movimentada avenida?

Uma das entidades sorri para ele.

– Lembra-se do proprietário da banca de jornais?

Serena entidade feminina lhe dirige um olhar de muito carinho fraterno e grossas lágrimas escorrem pelo rosto de Miro que, após alguns minutos de silêncio, fala a todos:

– Meus irmãos, hoje aprendi a maior lição de minha vida e, mais que agradecer, gostaria que me perdoassem por todas as vezes que os fiz decepcionarem-se comigo. Não podia imaginar.

– Essa é a grande lição, Miro – explica Sérgio – Um dia, todo Espírito encarnado terá conhecimento da grande movimentação em torno de sua evolução, por parte de Espíritos a ele ligados pelos laços do passado e, outros tantos, interessados em seu futuro. Porque, na verdade, Miro, por mais que nos imaginemos abandonados, não estamos sozinhos.

MENINOS DE RUA

– Definitivamente não, meu amigo.

– Mas Aluísio, seja razoável. Aquele terreno não lhe fará falta. O local é pouco valorizado e sua área bastante irregular. Além do mais, você possui tantas terras, meu amigo. Pode ter certeza de que o Alto o abençoará muito por esse seu desprendimento.

– Que Alto, Fabrício? Não me venha com essas estórias de Espíritos, de Deus. Eu não acredito em recuperação de menores e sei que todo esse seu trabalho não dará em nada, além do que isso vai lhe trazer uma grande frustração. Meu amigo, você conhece o ditado: "pau que nasce torto, morre torto". Essa molecada, esses "trombadinhas" nunca serão recuperados. Eles já nasceram assim. Está no sangue.

– Isso não é verdade, Aluísio. Dê-me uma oportunidade e lhe mostrarei que está errado.

– Fabrício, escute: se me pedisse esse terreno para qualquer outra finalidade eu o daria de bom grado, mas para construir esse lar-escola que você está querendo para essa criançada de rua, eu não lhe dou. Estou negando isso a você para lhe evitar futuros aborrecimentos.

– Mas meu grande amigo... veja bem...

E assim, a conversa entre os dois amigos de infância continua por mais um quarto de hora. Aluísio é industrial bem sucedido nos negócios e possui um grande patrimônio, incluindo esse terreno que Fabrício quer convencê-lo a doar para uma instituição que nele fará construir um local para abrigar menores desamparados e lhes proporcionar, além de estudos, um ensino profissional. O primeiro passo seria o terreno; a construção, logicamente, teria que ser concretizada através de outras tantas doações. Muitas, inclusive, já estavam até prometidas, como os tijolos, as telhas, a parte hidráulica. Mas faltava o terreno que Aluísio não concordava em doar, pois não acreditava nesse tipo de trabalho. E naquele escritório, ao lado dos dois amigos, o Plano Espiritual também estava presente, nas figuras de três abnegados Espíritos: Clécio, Souza e Pedro que já há algum tempo procuravam transmitir intuitivamente idéias relativas ao assunto, em direção à mente de Aluísio, porém, ainda não haviam conseguido quase que nenhum progresso.

– Não está nada fácil esta nossa missão – comenta o Espírito Clécio para outros dois companheiros.

– Tenhamos fé em Deus. Ele não nos abandonará.

– Sim – concorda Pedro. – Tenho a certeza de que o

Alto nos proporcionará a oportunidade. Basta que estejamos por perto.

– Penso que devemos incluir Américo. Afinal de contas, ele é um exemplo, uma prova viva da importância desse trabalho.

– Concordo – complementa Souza. – Vamos solicitar auxílio a outros irmãos para que o mantenha sob inspiração e pronto para agir no momento oportuno.

* * *

Uma semana se passa e, já perto das dezoito horas da tarde, Aluísio deixa o seu escritório em direção ao centro da grande cidade, onde prometera encontrar-se com sua filha Cíntia, jovem de dezenove anos, para, juntos, seguirem para casa. Mas quando está chegando próximo ao local e já avista, por entre as centenas de pessoas que caminham apressadas pela calçada, a filha que o espera, algo de muito grave acontece. Um garoto de, aproximadamente, uns treze anos de idade aproxima-se da moça e tenta lhe roubar a bolsa que, enroscando-se em seu braço, a desequilibra, tamanha a violência de sua arremetida. Cíntia cai e bate com a cabeça num veículo estacionado à sua frente, enquanto o menino sai correndo.

Aluísio pára o carro no meio da movimentadíssima avenida e corre em direção à filha desmaiada. Tenta erguê-la do solo, mas não consegue. Pede ajuda aos transeuntes que por ali passam, num grande vaivém, mas parece que ninguém o ouve ou simplesmente o ignoram.

Tenta arrastar a filha até o carro, mas também não consegue e, somente nesse momento, ao virar o corpo de Cíntia, percebe que do lado de sua cabeça há um ferimento a sangrar. Desespera-se e grita a todos os pulmões:

– Pelo amor de Deus!!! Alguém me ajude!!!

E, então, parecendo atender ao seu apelo, irrompe da multidão a figura de um jovem, trajando roupa e sapatos brancos que, imediatamente toma a jovem nos braços e a carrega, quase que correndo, por entre todos aqueles transeuntes, pedindo a Aluísio que o siga. Atravessam a movimentada avenida, correm por mais algumas quadras e Aluísio que, até aquele momento, não estava entendendo a atitude do moço que carregava sua filha, percebe aliviado que estão defronte a um hospital. Entram rapidamente, e o rapaz, parecendo bastante familiarizado com o local, coloca Cíntia numa maca e, chamando enfermeiros pelos nomes, desaparece com ela pelos corredores, seguido pelos demais, deixando Aluísio sozinho, recostado numa das paredes, não agüentando dar mais nenhum passo, extenuado que ficara com toda aquela correria.

* * *

Já é quase vinte e duas horas e o quarto quarenta e três do hospital encontra-se bastante movimentado pela presença de Aluísio, sua esposa, Clara, o filho Jorge e o rapaz de branco que carregara sua filha: o doutor Américo.

– Ela está bem mesmo, doutor? – pergunta, mais uma vez, a mãe da moça.

– Pode ficar tranqüila, minha senhora, ela está fora de perigo. Apenas estamos mantendo-a no Centro de Tratamento Intensivo para melhores observações, mas tenho a certeza de que amanhã mesmo ela já estará aqui neste quarto e, mais uns dois dias, poderá ir para casa.

Aluísio, por sua vez, bastante emocionado, toma as mãos do jovem médico entre as suas e lhe fala com a voz embargada:

– Deus lhe pague, meu rapaz. Você salvou a vida de minha filha. Falei com o doutor Moreira e ele contou-me que se ela demorasse mais um pouco para ser atendida, muito provavelmente não sobreviveria.

– Não me agradeça, seu Aluísio, e sim ao Alto que colocou-me ali naquele momento.

– Alto...? Já ouvi isso antes. Você é espírita, meu filho?

– Sim, desde os sete anos de idade, quando fui recolhido por uma Instituição Espírita de amparo ao menor abandonado,que proporcionou-me estudos, transformando o meu coração que, naquela idade, já se encontrava revoltado com Deus e com o Mundo por ter sido abandonado e, principalmente, pela dor da fome que alquebrava meu corpinho indefeso e frágil.

Lágrimas furtivas tentam escapar dos olhos do rapaz, que continua:

– Hoje sou médico, porque almas boníssimas perceberam essa minha vocação e custearam os meus estudos. Outros tantos irmãozinhos que conviviam comigo, hoje estão todos muito bem e alicerçados pelas mais diversas e dignas profissões. São todos homens de caráter honesto e de impecável retidão e que, assim como eu, continuam a auxiliar o trabalho daquela sagrada Instituição Espírita.

O rapaz faz uma pequena pausa e continua:

– Aquele garoto, por exemplo, que assaltou sua filha, precisa de ajuda. Basta um pouco de carinho, auxílio, palavras amigas, um coração que o ampare e ele será um homem de bem.

– Será...?

– Pode ter certeza, seu Aluísio. E disso eu entendo.

Aluísio fica por alguns momentos cabisbaixo, pensativo e, apanhando o telefone do quarto, pede uma linha e disca um número conhecido por ele. Alguns segundos e alguém atende.

– Fabrício? É Aluísio. Gostaria que você passasse no meu escritório amanhã cedo. O assunto diz respeito àquele terreno que você me pediu.

Naquele momento, todos no quarto percebem grande vibração de amor e paz, enquanto Clécio, Souza , Pedro e outros tantos Espíritos, que militam no trabalho de recuperação do menor, abraçam-se felizes em ver, mais uma vez, o início de uma grande obra assistencial, onde meninos de rua de hoje serão os futuros grandes homens de amanhã.

O ESCRAVO SEBASTIÃO

– Vê se desta vez você aprende, animal imundo! Quer acabar com a minha reputação, "véio" nojento?! Corto você ao meio!

O suor já toma conta dos corpos dos dois homens, quando providencial desfalecimento livra o velho escravo, de oitenta e quatro anos de idade, das dores lancinantes produzidas pelo cortante chicote a penetrar-lhe na carne. Porém, enquanto seu corpo estremece a cada novo golpe, o verdugo não pára de bater, tomado de profundo ódio e ferocidade. Amarrado ao tronco pelas mãos, braços esticados em direção ao topo da madeira, costas voltadas para o feitor Claudino, o preto velho, alcunhado de Sebastião, recebe o castigo pela teimosa ajuda que proporcionara a um outro escravo quando este, doente e febril, necessitara de cuidados e remédios.

– Diga-me onde conseguiu aquele remédio ou mando você para o inferno, negro teimoso! – continua a vociferar o algoz feitor, recomeçando a surrar o infeliz, pois este demonstrara novamente sinais de ter voltado a si. Desta feita, os golpes são mais violentos, até que as pernas do preto não mais conseguem sustentar o corpo, que perece, no rijo abraço da morte, libertando seu Espírito daquele veículo velho e cansado.

Claudino não percebe que o velho desencarnara e continua a supliciá-lo impiedosamente. Todos os outros escravos, ali aglomerados pelos capangas da fazenda a fim de assistirem àquele "exemplo", sentem profunda tristeza e revolta ao perceberem que Sebastião, o "preto véio", não mais pertence ao mundo terreno.

– Pare, Claudino! Já chega! – grita dona Eulália, a esposa do Coronel Ribeiro, do alpendre do casarão, localizado a cerca de uns cinqüenta metros de distância daquele local de suplício.

Claudino volve o olhar em direção à patroa, faiscando de ódio pela interrupção.

– Perdoe-me, sinhá, mas estou cumprindo ordens do Coronel.

Dona Eulália mira firmemente o empregado, gritando-lhe, a plenos pulmões:

– Não conteste as minhas ordens, Claudino! Na ausência do Coronel, quem manda aqui sou eu!

– Perdoe-me, sinhá, mas apenas cumpro ordens... – ainda tenta explicar-se, com o íntimo fervendo de ódio por aquela mulher que, cada vez mais, tem procurado auxiliar e defender os negros escravos. Tem quase certeza de que havia sido ela quem entregara o remédio para Sebastião e sua intenção era a de fazer o preto confessar, na presença dos outros empregados da fazenda, para que o Coronel tomasse conhecimento do que acontecia em suas ausências.

– Pois, então, cumpra as minhas! Alcides, examine as condições de Sebastião. Não quero que ele morra. Esse escravo é meu e não admitirei mais que o castiguem!

Alcides, o mais jovem dos negros, aproxima-se do velho e, girando-o no tronco, encosta o ouvido em seu peito e em sua boca, auscultando-o. Após repetir por várias vezes o exame, abaixa tristemente o olhar por alguns segundos, direcionando-o logo em seguida para Claudino, desta vez com profunda expressão de ódio. O capataz sente essa vibração emitida pelo rapaz e recua alguns passos.

– E, então, Alcides? Como está Sebastião? Desamarre-o – ordena dona Eulália.

– Sebastião está morto, sinhá.

Nesse momento, todos os olhares dos negros voltam-se para a patroa, numa muda súplica de justiça.

– Morto?! Você o matou, Claudino?! Você o matou?!

– Não sei... – tenta responder, balbuciando algumas palavras como a explicar-se, enquanto ele mesmo examina o preto – Realmente, ele está morto. Não agüentou os golpes. Mas também já estava muito velho, sinhá. Na verdade, já não servia para nada mesmo.

Dona Eulália sente um calor tomar conta de sua face, num misto de tristeza e ódio. Queria muito bem a Sebastião, sendo, através dele, que conseguia amenizar um pouco o sofrimento daqueles infelizes. E, nesse momento de intensa emoção, meneia levemente a cabeça, num sinal de aprovação, em resposta à súplica que os olhos de todos os negros lhe endereçam. Então, com bastante autoridade, ordena que todos os capangas de seu marido venham até ela, com exceção de Claudino, ao qual passa a incumbência de livrar aquele cadáver do tronco. Em seguida, faz com que todos os homens entrem em sua casa, reunindo-os na sala de estar, com o pretexto de passar-lhes algumas ordens do marido que, nesse momento, encontra-se viajando. No pátio, permanecem Claudino, o corpo de Sebastião e todos os outros escravos que haviam sido convocados para assistirem ao castigo.

– Muito bem! – grita Claudino – Podem voltar ao trabalho. O espetáculo terminou e que sirva de lição a todos vocês!

Os pretos não arredam o pé de onde estão, passando agora a olhar firmemente para o feitor.

– O que estão olhando?! Vamos, já disse!!! Para o trabalho!!! Vamos!!! O que há com vocês, heim?! Não vão me obedecer?! Pois muito bem! Vocês é que estão pedindo!!! – berra Claudino, puxando o revólver preso à cintura, porém, sem nenhuma chance de utilizá-lo, pois nesse mesmo momento, dois dos escravos mais fortes do grupo, que se encontravam mais próximo ao feitor, conseguem, numa ação bastante rápida, imobilizá-lo e tirar-lhe a arma, ao mesmo tempo em que o amordaçam com uma camisa enrolada, para que não possa pedir socorro. E, sem emitir nenhum ruído, arrastam-no até uma mata próxima, acompanhados por todos os outros escravos, onde o assassinam, atirando depois o corpo sem vida em uma profunda fossa sanitária, voltando todos, logo em seguida, para o pátio onde Sebastião jaz, ainda preso ao tronco. Tiram-no dali, carregando-o, embrulhado em grande lençol. Quando dona Eulália despede os outros empregados, ninguém mais se encontra naquele local.

* * *

Muitos anos são transcorridos e vamos encontrar Claudino em situação bastante lamentável. Logo após a sua violenta desencarnação, é aprisionado por infelizes escravos desencarnados que, após a morte de seus corpos físicos, passaram a ficar à espreita de seu algoz, sendo que, no episódio do assassinato, em muito contribuíram, através da intuição, para que dona Eulália, naquele fatídico dia, também movida por forte sentimento de revolta e ódio, propositadamente fizesse com que Claudino permanecesse sozinho com os negros, para que pudessem fazer justiça com as próprias mãos. E, logo após, aprisionado nas regiões umbralinas e passando por um julgamento efetuado pelos próprios negros, que o aguardavam, foi condenado, iniciando assim uma fase de muito sofrimento nas mãos de seus infelizes julgadores que ainda não haviam aprendido o verdadeiro significado do perdão. Porém, com o passar dos anos, perdendo o interesse nessa vingança, partem em busca de novas vinditas, como crianças que abandonam seus brinquedos com os quais cansaram-se de brincar.

Claudino, por sua vez, liberto de seus vingadores e, percebendo que o perigo poderia ainda ser muito maior se outros grupos mais ferozes o aprisionassem, entra em profundo desespero, passando a orar e a rogar a Deus e a Jesus que o perdoem e o livrem desse sofrimento. Lágrimas correm-lhe pelas faces numa prece vinda do fundo de sua alma, totalmente aniquilada e realmente arrependida.

– Meu Senhor! Meu Deus! Ajude-me! Jesus!

Nesse momento, a estupefação toma conta de sua mente quando intensa, mas suave luz aparece à sua frente, fazendo com que se ajoelhe em sinal de gratidão e respeito pelo que considera um auxílio Divino. E, ao fixar um pouco mais os seus olhos naquela luz bendita, não consegue conter um grito ao perceber a figura que, aos poucos, se delineia.

– Sebastião...! Sebastião...! Você...?! Meu Deus!

– Nada tema, Claudino, estou aqui para auxiliá-lo.

O infeliz não consegue acreditar no que vê.

– Será mais um truque de meus algozes? – pergunta-se em voz alta.

– Não é mais nenhum truque,Claudino. Pode tranqüilizar-se. Realmente, estou aqui para auxiliá-lo, agora que abriu o seu coração numa sentida prece a Deus, nosso Pai. Há muito tempo o acompanho na esperança dessa sua atitude de humildade, a fim de conseguir tornar-me visível ante seus olhos. E agora, meu amigo, entregue-se a essa calma e a essa paz que está sentindo neste momento. Deixe-se envolver por esse estado de torpor que já toma conta de seu ser, para que eu possa levá-lo comigo a um lugar, onde será socorrido com muito amor.

– Sebastião, perdoe-me...

– Não fale mais nada, meu irmão, e peça perdão de suas faltas, apenas a Deus. Nada tenho a lhe perdoar. Muito pelo contrário. Na verdade, necessito muito de seu auxílio.

– Meu auxílio...?

– Sim.

Nesse momento, Claudino percebe que Sebastião ainda carrega consigo, nas costas e no peito, as muitas cicatrizes que ele provocou com o seu punitivo chicote, porém, deslumbra-se com as luzes que elas irradiam e que parecem atingi-lo suavemente, acalmando-o e anestesiando todas as suas dores. Percebe também que algumas poucas cicatrizes não irradiam nenhuma luminosidade. Quer perguntar a Sebastião a respeito disso, mas não consegue, pois adormece profundamente.

Passados alguns dias, acorda no que imagina ser um quarto de hospital, num ambiente de muita serenidade, onde percebe prontamente que, até o ar que respira é mais etéreo, muito diferente das emanações gasosas do umbral onde se encontrava. Porém, poucos minutos consagra a um exame mais acurado do ambiente em que se encontra, pois a porta é aberta, dando passagem a Sebastião que, agora, enverga roupa muito branca, como um uniforme de enfermeiro, diferente da que trajava em seu último encontro, quando fora socorrido, onde o escravo vestia apenas uma calça parecida com as que usava nos tempos de escravidão. E é então que, lembrando-se das cicatrizes do negro, pede-lhe, humildemente:

– Por favor, meu benfeitor, deixe-me ver novamente as suas costas e o seu peito.

Sebastião lhe endereça um sorriso fraterno e despe a camisa, apresentando novamente as marcas do chicote, resplandecentes de luz. Porém, como da outra vez, algumas poucas não possuem essa luminosidade. Claudino, então, com lágrimas nos olhos, roga-lhe perdão por ter-lhe causado tanto sofrimento e, não conseguindo conter-se, pergunta-lhe:

– Por que algumas de suas cicatrizes não apresentam também esse raios de luz?

Sebastião olha para o próprio corpo e responde:

– Lembra-se quando lhe disse que necessitava de seu auxílio?

– Sim...mas não entendo.

– As luzes que você vê em minhas cicatrizes, meu irmão, são fruto da resignação e do perdão que lhe endereceí quando chicoteado no tronco, porém, estas outras, opacas e profundas, são fruto do ódio que senti por você nas vezes em que não consegui conter esse abominável sentimento. E é esse o grande auxílio que necessito. Preciso de seu perdão por esse ódio que lhe devotei, pois esse sentimento, somado a outros tantos de muitos negros, nossos irmãos, causaram-lhe muita infelicidade, além das que já se haviam instalado em sua consciência. Rogo-lhe, portanto, que me perdoe.

As lágrimas agora irrompem abundantemente dos olhos de Claudino, diante da humildade de Sebastião, no entendimento imediato de que não apenas supliciara o negro, como também causara-lhe um dos maiores danos que um Espírito pode causar a outro, ou seja, o de criar no coração alheio, mesmo que seja por pouco tempo, sentimentos negativos e infelizes e, num grande esforço para pronunciar as palavras, tamanha a emoção que domina o seu íntimo, responde:

– Nada tenho a lhe perdoar, meu amigo, mas se isso contribuir para que se sinta melhor, muito humildemente peço que aceite o meu perdão.

E é nesse momento de muitas bênçãos que os dois se abraçam fraternalmente, sentindo grande paz e uma grandiosa leveza em seus corações. Momento de felicidade e de ventura onde, agora, todas as cicatrizes de Sebastião, sem nenhuma exceção, emitem fulgurantes e sublimes raios de luz, fundindo-se numa só luminosidade, a envolvê-los completamente, nesse instante de amor e de sincera fraternidade.

O ABORTO

– Por que está chorando, Selma? – pergunta o marido ao chegar do trabalho, como sempre atrasado por causa do trânsito.

– Voltei ao médico, Lauro... Os exames ficaram prontos e...

Lauro abraça a esposa como que a ampará-la e dar-lhe conforto, pois já imagina, pelo seu estado, o resultado dos exames. Permanece enlaçado a ela por alguns instantes até tomar coragem de perguntar:

– Não podemos ter filhos...?

– Sim... Mas você não tem culpa nenhuma. Eu é que sou estéril.

– Culpa?! Ninguém tem culpa, Selma. Nem mesmo você.

– Queria tanto dar-lhe um filho, Lauro – lamenta a esposa, abraçando fortemente o marido e rompendo-se em prantos.

– Não fique assim, querida. Um dia, quem sabe, a gente adota uma criança...

– Não! Adotar não quero! Queria um, meu. Do meu sangue. Por que Deus está me privando da maternidade, Lauro? Por quê?! Ninguém da minha família teve esse tipo de problema. Veja minha irmã: Dora está grávida. Vai ter um filho daqui a três meses.

* * *

Três meses se passam e Selma ainda não se conforma e não aceita a idéia de não poder ter filhos, apesar de ter procurado mais alguns médicos e todos chegarem à mesma conclusão. É noite e está junto do marido e do cunhado Antonio na sala de espera da Maternidade Santa Maria, aguardando ansiosos o resultado do parto de sua irmã Dora. Mais algumas horas se passam e começam a preocupar-se pela demora e pela dificuldade de conseguir notícias. Antonio já está para dirigir-se novamente ao balcão de informações da Maternidade, quando o doutor Paiva entra na sala de espera, portando traços graves no semblante.

– E então, doutor? – pergunta Antonio, impaciente.

O médico, bastante comovido, explica que a criança, um lindo menino, nasceu com um pequeno problema no coração, que somente poderá ser resolvido com uma cirurgia quando ela estiver com mais idade e, com lágrimas nos olhos, revela o falecimento de Dora ao dar à luz, devido a uma complicação no parto.

A partir de então, após o sepultamento, os dias começam a rolar lenta e tristemente para aquelas três pessoas, somente sendo abrandados pelos momentos felizes vividos junto ao bebê recém-nascido. Selma, por força das circunstâncias, passa a tomar conta da criança, sentindo-se como se fosse sua própria mãe. Lauro, porém, não usufrui nenhuma sensação de paternidade, já que Antonio está sempre presente e dá toda a assistência necessária para o filho, mas sente-se satisfeito em ver, com o passar do tempo, a esposa novamente feliz. Porém, quando Carlinhos já conta com a idade de três anos, Antonio traz uma notícia que Lauro sempre temera, por causa do grande amor maternal de Selma pela criança: o cunhado revela estar enamorado, há algum tempo, pretendendo casar-se muito em breve e que, evidentemente, levará o filho para morar com ele.

Selma não consegue acreditar no que está ouvindo e fica alucinada:

– Não!!! Não!!! Você não pode fazer isso comigo e com o Lauro!!! Principalmente comigo que criei Carlinhos como se fosse meu próprio filho! E nele, você não pensa?! Ele está acostumado comigo, me ama, chama-me de mamãe. Ele irá sofrer muito!

Antonio percebe que a cunhada fica fora de si e tenta amenizar a situação, apesar de sua convicção de que o menino terá que viver com ele, pois é seu pai e o ama muito.

– Não vou tirá-lo de vocês. Poderão vê-lo a qualquer momento. Quando quiserem. Basta ir até minha casa e, depois, minha futura esposa o tomará como seu próprio filho.

Lauro não sabe o que dizer. Reconhece a razão de sua esposa, mas também os direitos de Antonio, que nunca abandonou o filho. Faz questão de vê-lo todos os dias, sempre levando-o a passeios e o menino parece amá-lo muito.

– Você não fala nada, Lauro?! Ele quer tirar o Carlinhos de nós e você fica aí, mudo?! Você não gosta do menino?!

– Não quero tirá-lo de vocês... apenas...

Nesse momento entra o garoto que, ao ver ao pai, corre abraçá-lo.

– Vamos passear, papai?

– Não!!! – grita Selma e arranca Carlinhos dos braços de Antonio.

– Não faça assim, Selma – pede o marido.

– Ninguém vai afastar o meu filho de mim! Ninguém!!! – grita, desesperada, e sai correndo para a rua com o menino no colo.

– Selma!!! – desespera-se o marido vendo a atitude agressiva da esposa. – Volte aqui!

Porém, a mulher não o atende e continua, desesperada, sem destino, em louca carreira pelas ruas, atravessando avenidas, perseguida por Lauro e Antonio que gritam por ela, pedindo-lhe para parar, até que, chegando em uma esquina, Selma sente-se desfalecer, tendo em vista o grande esforço físico e emocional. Coloca a assustada criança no chão e, encostando-se numa parede, deixa o corpo escorregar até tombar sem sentidos.

– Mamãe... – choraminga o menino, imediatamente amparado por Antonio, que ali chega, juntamente com Lauro.

Socorrida pelo esposo e pelo cunhado, é imediatamente levada para casa no automóvel de um conhecido que se encontrava nas imediações.

– O que ela tem, doutor?! – pergunta Lauro, aflito, ao médico que foi chamado para examiná-la em sua residência.

– Não se preocupem – responde o doutor – Ela ficará boa. Apenas precisa descansar um pouco. Ministrei-lhe um calmante que a fará dormir por umas boas horas. Mas gostaria que ela fosse até meu consultório para poder examiná-la melhor e pedir-lhe alguns exames mais completos.

– Ela irá, doutor. E Deus lhe pague por vir até aqui.

Assim que o médico retira-se, Lauro e Antonio sentam-se num sofá e deixam-se ficar quietos e calados, ainda chocados com todo aquele acontecimento e é Antonio quem rompe o silêncio:

– Perdoe-me, Lauro. Você sabe o quanto eu os amo e quanto favor lhes devo por tudo o que fizeram por Carlinhos. Fique tranqüilo. Procurarei uma forma melhor de dividirmos o amor do nosso menino.

– Fale isso para Selma quando ela acordar.

– Falarei com ela.

Lágrimas, então, começam a rolar dos olhos dos dois homens.

* * *

Nesse momento, o quarto onde Selma dorme recebe uma inesperada visita: sua irmã Dora, juntamente com outros espíritos socorristas, que iniciam um trabalho de passes magnéticos no intuito de auxiliar Selma a desprender-se, em espírito, durante o sono de seu corpo físico. Em poucos minutos isso acontece e ela se desprende, então, ligada ao corpo por um cordão luminoso. Quando vê a irmã, caminha até ela e, não conseguindo conter-se, abraça-a, chorando copiosamente. Dora afaga-lhe os cabelos e, gentilmente a afasta para poder conversar. No entanto, Selma não lhe dá chance e começa a lamentar-se de sua situação e do que o cunhado está pretendendo.

– Acalme-se, minha irmã. – pede-lhe Dora. – Em primeiro lugar, quero agradecer-lhe por tudo o que fez pelo meu... pelo nosso filho. Mas quero pedir-lhe compreensão para o amor de Antonio ao menino e gostaria que continuasse a dar toda a assistência que puder, pois o nosso garoto necessitará de muito carinho para poder superar o seu problema de saúde, problema este que já poderia ter sido resolvido numa encarnação passada, mas que nós: você , eu e Perla, a namorada de Antonio, o impedimos.

– Não entendo...

– Com o auxílio desses nossos amigos espirituais aqui presentes, você terá sua visão dilatada e visualizará cenas de outra encarnação, ocorrida há muitos anos, onde nós três convivíamos como amigas inseparáveis. Evidentemente, quando acordar, não se lembrará do que irá ver agora, mas a lição ficará gravada de maneira indelével em sua mente, o que a auxiliará, em muito, na missão a que nós nos propusemos.

Nesse momento, uma tela de projeção, tal qual a de um cinema, surge à frente de Selma e esta vê, ali projetada, uma cena que lhe começa a parecer familiar: um quarto onde três jovens conversam: ela, Dora e Perla. Percebe estarem todas muito preocupadas e é Dora quem fala com ela:

– Como é que você foi fazer uma coisa dessas?! Seu pai vai ficar uma fera e você será mandada para um convento. Temos que tirar esse "começo de criança" de sua barriga. E agora!

– Mas como?! – pergunta Selma, apavorada.

– Uma mulher da aldeia ensinou-me e até emprestou-me estes instrumentos e também deu-me este chá. Tome-o.

– Tenho medo! Não sei se é certo fazer isso...!

– Você não tem escolha – afirma Perla. – Deite a sua cabeça aqui no meu colo.

– Tome todo este chá. Vamos.

– Está bem. Vocês têm razão. Se o meu pai descobre...E, depois...

– Não percamos tempo – insiste Dora.

A moça, então, bebe o chá e coloca-se em posição para o aborto. Nesse momento, a tela apaga-se e desaparece.

– Meu Deus!!! – exclama Selma, horrorizada.

– Acalme-se, minha irmã, pois graças ao bom Deus, estamos agora resgatando esse nosso débito. Como a maior causadora do delito, pois fui eu quem a convenceu a abortar e fiz isso com minhas próprias mãos, dei a minha vida para reencarnar novamente aquele pobre espírito, Carlinhos, que aninhava-se outrora em seu ventre. Você, por sua vez, causou também um grande mal ao seu próprio organismo perispiritual e é por isso que, nesta sua nova encarnação, não teve condições de engravidar e Perla, co-autora, juntamente com você, deverão dar todo o carinho e todo o apoio ao menino que, também devedor em outras vidas e muito ligado a nós, retorna somente agora, por culpa de nosso impensado ato, para resolver esse problema em seu coração. Mas graças a Deus, que é soberanamente justo e bom, estamos tendo a chance, depois de muita luta íntima, trabalho e sofrimento, de corrigirmos o nosso erro. Aliás, o aborto intencional sempre foi um causador de grandes males, não só para o reencarnante como principalmente para aqueles que o promovem, pois, antes mesmo do momento da concepção, já existe um vínculo enorme entre mãe e filho. E o feto não é, como alguns costumam defender, com o intuito de minimizar esse crime, apenas um pedaço de carne. O feto é vida que abriga um Espírito necessitado de reencarnação.

Nesse momento, Carlinhos entra no quarto, de mansinho, e dirigindo-se ao corpo de Selma, deitado na cama, dá-lhe um beijo no rosto, sussurrando:

– Fique boa logo, mamãe.

Selma não contém as lágrimas e abraça a amiga e irmã.

BENDITOS COBERTORES

– Por favor, Arlete, coloque o colchão neste canto e arrume mais um travesseiro. Já telefonei para o Luiz Antonio e ele prometeu fazer uma campanha para nos arranjar mais uns oito colchões. Logo ele nos trará também uma boa remessa de cobertores. Mas até lá, talvez precisemos comprar alguns. Você verificou quanto temos na conta bancária?

– Vou ligar agora mesmo para o Banco. Mas acredito que não temos muito dinheiro, não, pois este mês gastamos bastante na padaria. E ainda temos que pagar a quitanda e comprar mais leite e pó de café.

– Tudo bem. Telefone para o Banco e não se preocupe, pois encontraremos um meio de pagar o que devemos e comprar o que precisamos. O que não podemos, hoje, é perder tempo, pois já são quatro horas da tarde e a noite promete ser muito fria. Muita gente virá procurar abrigo.

– Certo, seu Reinaldo. Vou telefonar já.

– Meu Deus, neste mês as contribuições foram tão poucas. Preciso dar um jeito.

Seu Reinaldo é o responsável pelo Albergue Noturno de uma associação espírita e que luta com muita dificuldade para mantê-lo. Cerca de quarenta e oito leitos são ocupados, toda a noite, por pessoas que passam por aquela cidade interiorana, na maioria das vezes, viajantes que se locomovem através de linhas de ônibus e que não têm condições de utilizarem-se de hotéis porque são pobres e ali estão de passagem à procura de emprego, com a esperança de uma vida melhor. Quase sempre, ali pernoitam por três dias, que é o máximo permitido pelo regulamento do albergue, haja vista a necessidade de se atender a tantas outras criaturas com o mesmo tipo de problema. Também para ali acorrem andarilhos sujos e maltrapilhos de todo o tipo, os quais também são atendidos, primeiramente com a exigência de tomarem um banho, trocarem a roupa por outra limpa, cedida pelo albergue e, depois, convidados a alimentarem-se com um bom prato de sopa de legumes, um pedaço de pão e uma xícara de café com leite.

Logo após, todos são recolhidos, sendo que os homens dormem em um alojamento masculino e as mulheres em um feminino. Crianças, se houver, vão para um terceiro quarto, bem ao lado do alojamento das mães. No dia seguinte, pela manhã, ao se levantarem, tomam mais um café com leite e pão, sendo suas presenças acompanhadas por fichas que são preenchidas no momento da admissão como albergados. Porém, quando chega o inverno, a procura aumenta, pois até mesmo aqueles que no verão, preferem dormir por sobre bancos das praças públicas ou debaixo de pontes e viadutos, dirigem-se ao albergue, em busca de um pouco de calor e alimentação. E, estamos num desses dias, onde, como demonstra a preocupação de seu Reinaldo, deverá ter uma noite muito fria e necessitarão, a exemplo de outros anos, de mais colchões, travesseiros e cobertores.

– Seu Reinaldo, não temos mais quase nada no Banco – informa Arlete, bastante preocupada, já de volta do telefonema que fora dar.

O pobre homem respira fundo, pensa um pouco e resolve:

– Bem, não tem outro jeito. Vou comprar o que precisamos e pedir um prazo para pagar.

– Mas seu Reinaldo, se não podemos pagar hoje, como iremos pagar daqui a um mês?

– Não sei, Arlete, mas não podemos ficar sem atender os necessitados, principalmente nesta noite fria que se aproxima. Pretendo fazer o seguinte: compraremos os cobertores, que é o mais importante, e vou pedir para o seu José, da fábrica de móveis, algumas caixas de papelão, daquelas bem grandes. Elas servirão de colchões, até Luiz Antonio conseguir nos enviar mais e os travesseiros serão improvisados com algumas peças de roupas.

– Sabe o que está me preocupando, agora? – interrompe Arlete.

– Sim?...

– Será que nos darão crédito para a compra dos cobertores?

– Vou conversar com o gerente da loja. Não se preocupe, minha filha. Jesus nos ajudará.

***

Em uma cidade grande, próxima dali, reside Mário, homem muito rico, proprietário de uma rede de farmácias, montada ao longo de vinte e cinco anos de muito trabalho, mas, também, de alguns negócios escusos e de muita exploração de seus empregados, os quais faz trabalhar muito além do horário, sem nada lhes pagar por isso, alegando falsa dificuldade financeira. E todos acabam concordando, principalmente por causa da escassez de empregos e também porque acreditam no patrão, haja vista que Mário é bastante convincente em seus argumentos. O que não conhecem é a verdadeira mansão que possui, situada num dos bairros mais elegantes daquela metrópole, além dos três lindos carros novos. Na verdade, Mário é um grande avarento e nem sua esposa, dona Hortência, escapa de sua avareza e de sua escravidão pelo dinheiro. Tudo faz pensando apenas no filho, pelo qual tem verdadeira adoração e não poupa esforços para satisfazer todas as suas vontades.

– Mário, já faz três dias que não vejo nosso filho. Nem um telefonema. Você não deveria ter comprado aquele apartamento para ele. O certo é ele morar com a gente, aqui em casa. Precisamos acompanhar a vida dele, saber o que faz, o que não faz. Não vejo necessidade nenhuma dele morar fora de casa. Quero que você vá ver o que está acontecendo.

– Já lhe disse para não se intrometer na vida de Marinho, mulher. Dele quem cuida sou eu e sei muito bem o que estou fazendo. Ele já é um homem e tem que aprender tudo sobre a vida. Tem que aprender a enfrentar todas as situações. Quarta-feira ele passou lá na farmácia e conversamos um pouco.

– Apenas para buscar dinheiro, não é, Mário? Oh, meu Deus! Isso foi na quarta-feira e hoje já é domingo. Além do mais, você quer que ele aprenda a enfrentar o quê? Ele não trabalha, não estuda. Já faz dois anos que freqüenta um curso preparatório para vestibulares e sei que não faz esforço algum para ingressar numa Faculdade. Ele já tem dezenove anos e é preciso que tome algum rumo na vida. Não gosto das amizades que tem.

– Ele não precisa estudar. Vai herdar tudo o que tenho e, quando isso acontecer, aí sim, começará a trabalhar. Até lá, quero que aproveite bem a vida. Ele irá me agradecer, um dia.

– Isso não é o correto, Mário. Nosso filho tem que conhecer a necessidade do trabalho, do esforço próprio, tem que estudar... veja o exemplo de moço que é o Ricardo, nosso sobrinho. Trabalha desde os catorze anos, junto com meu irmão, na oficina, estuda à noite e quanta responsabilidade já adquiriu...

– Seu irmão escraviza o pobre do rapaz, fazendo-o trabalhar o dia todo e nos fins de semana ainda o faz ir àquele tal de Centro Espírita, no meio daqueles pobres, sujos e maltrapilhos.

– Não fale assim, Mário. Eles dão comida e roupas

para os pobres, auxiliam-nos na procura de empregos e ainda lhes dão remédios, quando necessitam.

– É, eu sei. Já quiseram, inclusive, que eu lhes desse alguns remédios de graça. Você acha que pode, uma coisa dessas? É por isso que não gosto de seu irmão. Esse negócio de alimentar pobres e de dar remédios é obrigação do governo e, enquanto tiver pessoas como o seu irmão, o governo não irá se preocupar mesmo com isso. Tem quem faz por ele.

– Não é verdade. O que acontece é que o governo não tem condições de atender todos os necessitados e aqueles que podem fazer alguma coisa pelos pobres têm que fazê-lo. E, se quer saber, admiro muito o meu irmão por isso e pelo que faz com Ricardo. E você está estragando o nosso filho, Mário. Veja se entende: quando ele precisar começar a trabalhar, a encarar a vida com responsabilidade, não terá mais condições para isso, pois já estará acostumado demais em não fazer nada de útil, somente gozando a vida que lhe dá tudo de graça, sem esforço algum. Não faça isso com ele, Mário. Ponha-o para trabalhar junto com você. Siga o exemplo do Luiz Antonio, meu irmão.

– Seguir o exemplo de seu irmão? O que ele conseguiu na vida? Aquela suja oficina mecânica que mal dá para alimentá-lo. Ele, sim, que teria que ter ouvido os meus conselhos e ter seguido o meu exemplo.

– Que exemplo, Mário? Você sabe muito bem que nunca apoiei os seus métodos de trabalho, explorando as pessoas e sei lá o que mais.

– Não fale assim comigo, Hortência. Algum dia lhe faltou alguma coisa?

– Hoje está faltando, sim. Quero meu filho de volta nesta casa e quero que você o eduque como meu irmão educa o nosso sobrinho: com trabalho, dedicação e amor ao próximo – responde Hortência, começando a chorar.

– Pare com isso, mulher. Nunca irei educar Marinho como seu irmão faz com Ricardo. Inclusive, agora, deu para fazê-lo sair por aí, esmolando.

– Esmolando?!

– É. Esmolando. Ricardo esteve ontem lá na farmácia central, pedindo para que eu colaborasse na compra de alguns cobertores. Essas listas, onde você assina o nome, dá o dinheiro e nunca mais vê retorno algum.

– Mas para que ele queria comprar os cobertores?

– Sei lá... parece que era para enviar para uma outra cidade... para um tal de albergue.

– E você, evidentemente, não colaborou. E, no mínimo, passou-lhe uma reprimenda.

– Não dei e nunca irei contribuir com a compra de cobertores para esses andarilhos, esses pedintes vagabundos. Disse isso para ele. Mas não se preocupe, pois dei-lhe também alguns bons conselhos.

Hortência muda, então, o tom da conversa e tenta convencer o marido:

– Mário, os filhos são como as plantas que a gente

tem que cuidar com muito carinho e acompanhar o crescimento, auxiliando-as com bons adubos, quando necessário e que, comparativamente, são os bons conselhos que os filhos necessitam; muitas vezes, precisam ser podadas para crescerem com vigor ou, então, serem estaqueadas para poderem se desenvolver retas, em direção ao alto. Somente assim, elas poderão nos propiciar bons frutos. Se as deixarmos à sua própria vontade, sem o nosso trato, elas certamente crescerão tortas e sem a devida capacidade de produzir. Por favor, Mário, entenda isso. Marinho não pode continuar sendo tratado dessa maneira, com todos os seus gostos sendo satisfeitos, pois assim, nunca saberá dar o devido valor às coisas. É necessário que ele conquiste o que deseja, com um certo sacrifício, com trabalho. Você está errado, Mário. Ponha isso na sua cabeça.

– Ora, Hortência, meu filho não é uma árvore e, se ele teve a sorte de ter um pai rico, quero que, primeiro, goze a vida. Depois, chegará a sua hora de trabalhar. Não se preocupe, mulher. Sei como educar o nosso filho.

Hortência percebe que não adianta mais insistir com o marido e pede-lhe, humildemente:

– Tudo bem, Mário, mas quero que vá procurá-lo e diga-lhe que sua mãe está muito magoada com ele. Não é possível um filho ficar mais de três dias sem dar notícias, sendo que moramos na mesma cidade.

– A cidade é grande, Hortência.

– Por favor, Mário.

– Está bem. Amanhã irei falar com ele e vou apressar

a compra do telefone. Assim você poderá conversar com ele à vontade, mas por favor, deixe-o viver a sua própria vida. Ele já é um homem, Hortência. Não o trate como a um menino.

– Um homem trabalha e estuda, Mário. Não se esqueça disso.

* * *

Mais dois dias se passam e Mário chega em casa, por volta das dezessete horas, esbaforido e nervoso.

– E, então, Mário? Alguma notícia de nosso filho?

– Não, Hortência. Já o procurei por toda a parte e não consegui encontrá-lo. Consultei todos os seus amigos e fizemos uma busca por todos os lugares que ele costuma freqüentar. A última vez que alguém o viu foi, na quarta-feira passada, numa boate, aliás, de mau aspecto, onde me revelaram uma coisa horrível.

– O que, Mário?! Diga!

O marido permanece, por alguns segundos, pensativo e responde:

– Acho que você tinha razão, Hortência. Realmente, dei muita liberdade ao nosso filho, sem ao menos procurar saber o que ele estava fazendo com ela.

– Pelo amor de Deus, Mário! Diga-me o que lhe disseram nessa boate!

Mário baixa os olhos em silêncio.

– Mário! Fale!

– Disseram-me que ele é um viciado em drogas, Hortência. Cocaína.

– Meu Deus! Não posso acreditar!

Seus amigos me confirmaram. Inclusive, eles próprios, estão bastante comprometidos com as drogas. Mas o que é pior é que Marinho está devendo uma grande quantia em dinheiro para um traficante e este o está ameaçando de morte. Tentei descobrir quem é a pessoa, mas não consegui. Os seus amigos acham que nosso filho deve estar foragido, com medo.

– E o que vamos fazer?! Precisamos encontrá-lo!

– Por que Marinho não me procurou?! Não me pediu o dinheiro?! Eu o teria ajudado.

– Por medo, Mário. Por medo. Nosso filho sempre teve tudo de você, menos o carinho, a conversa franca, a sinceridade. Vocês nunca tiveram um momento de conversação edificante. Apenas o dinheiro o ligava a você. Nada mais. E, agora, ficou com medo. Medo do próprio pai.

– Agora entendo o que você queria dizer com aquela estória da planta. Nunca acompanhei o crescimento de meu filho, apenas custeei-o.

– E o que vamos fazer?

– Eu não sei. Precisamos encontrá-lo e auxiliá-lo. Conheço uma ótima clínica especializada em viciados. É de um médico, amigo meu. Mas antes...

Nesse momento, o telefone toca e Mário o atende.

– Alô. Quem? Luiz Antonio?

– Meu irmão? – pergunta Hortência.

– O quê? Cobertores?! Olha, Luiz Antonio, estamos com um grande problema aqui em casa, e você vem me falar de cobertores?! O quê?! Você foi fazer uma entrega de cobertores para um albergue nessa cidade e o quê?! Fale mais alto. A ligação está ruim. O quê?! Com nome falso?! Não estou entendendo! Fale mais alto! Quem está aí, hospedado nesse albergue com nome falso?! Quem? Marinho, o meu filho?! O seu sobrinho Marinho está aí?! O meu filho?!

Mário rompe em prantos no telefone e é com muita dificuldade que consegue continuar a conversa.

– Pois diga a ele que já estamos indo buscá-lo. Não o deixe sozinho. Diga-lhe que vamos fazer tudo o que for necessário por ele e que não tenha medo de nada, pois nós o amamos muito.

Dizendo isso, seu Mário desliga o telefone.

– Quem, Mário? – pergunta Hortência, angustiada. – Luiz Antonio encontrou nosso filho?!

– Sim, Hortência. Ele está hospedado no albergue onde Luiz Antonio foi entregar aqueles cobertores da campanha. Marinho está lá com nome falso e com muito medo. Vamos buscá-lo, mulher. Vamos buscar o nosso filho. Que Deus abençoe esses cobertores. E lhe prometo, mulher: até o fim de meus dias, tudo farei para que eles nunca faltem a quem precisa. Benditos cobertores!

O ESCULTOR

– Repare bem, Antônia, a expressão desse rosto. Que angelitude!

– Você tem razão, Clóvis. São impressionantes todos os detalhes que, somados, dá-nos a impressão de que a imagem só falta falar e movimentar-se.

– Parece uma fotografia – complementa Rodrigo.

– Muito mais que uma fotografia, – diz Solange – pois possui a tridimensionalidade. Podemos observá-la por todos os lados e ângulos. Vejam a perfeição dos lábios, do olhar.

– Impressionante! Até as veias do pescoço e das mãos parecem estar pulsando.

– E as vestes, então?! As dobras do tecido!

Antônia, Clóvis, Rodrigo e Solange são estudantes de Artes Plásticas e estão realizando uma viagem de estudos pela Europa, com a finalidade de visitar diversos museus. Neste momento, admiram bela estátua em mármore negro, na ante-sala de uma Igreja, praticamente desconhecida, e não se cansam de tecer elogios à figura esculpida de uma mulher embalando o sono do filhinho que carrega nos braços. Realmente, a figura parece ter sido fruto de uma petrificação de dois seres humanos, tamanha a riqueza de detalhes, principalmente, como não se cansam de comentar, da expressão dos rostos da mãe e do filho.

– De quem será essa obra? – pergunta Antônia, procurando e não encontrando o nome do autor em nenhum local da pedra.

– Não sei... – responde Rodrigo que, também, já havia feito a mesma procura.

– Mas não é possível não ter o nome do artista – argumenta Solange – Será que ninguém aqui da Igreja, poderá nos informar?

– Acho que deveríamos tentar descobrir e fazer um apelo para que seja colocado o nome, bem visível, do autor. Para falar a verdade, já percorremos vários museus e, sinceramente, ainda não encontrei nenhuma obra como esta, apesar da grandiosidade de todas que já vimos.

– Você tem razão, Clóvis. Estou impressionadíssima com ela.

– Vamos tentar descobrir?

– Vejam – aponta Antônia para os fundos da Igreja. – Um padre. Vamos perguntar a ele.

E os quatro estudantes, apressadamente, alcançam

o sacerdote que, devotando toda a sua atenção ao apelo dos jovens, convida-os a entrar numa sala contígua à nave.

– Sentem-se, meus filhos – convida o padre que se identificara com o nome de Auguste. – Vocês não são os primeiros e nem serão os últimos a me procurar com esse questionamento.

Os jovens trocam olhares de satisfação ao perceberem que outros também já haviam notado a magnitude daquela obra de arte.

– Como já disse, muitas pessoas principalmente estudantes de arte, como vocês, procuram-me sempre com essa mesma questão, mas infelizmente, não possuímos o nome do autor. A única informação que possuímos, ou melhor, a única ligação que temos sobre o artista é aquele retrato a óleo ali – explica o padre, apontando para uma parede atrás dos jovens. Todos voltam seus olhares para a pintura que retrata um senhor de meia idade, com vestes do século passado, de fisionomia grave e de olhar indefinido, como se estivesse mirando algo por detrás do pintor que o retratou.

– Uma bela pintura – exclama Antônia, levantando-se e dirigindo-se em direção à tela, sendo imitada pelos outros.

– Realmente, – complementa o religioso – parece uma fotografia.

– Reparem bem nos olhos dele. Reparem no olhar – pede Clóvis.

– Já percebi – diz Solange. – Parece estar olhando para um ponto no infinito, como se estivesse nos atravessando. Ele olha em nossa direção, mas parece não estar nos vendo.

– É isso mesmo – concorda padre Auguste –, a pintura é tão bem feita que parece uma fotografia e é como se o fotografado não estivesse olhando para a lente da câmera e, sim, ultrapassando os seus limites, em direção ao infinito.

– Realmente, encontramos aqui mais uma grande obra.

– Mas como o senhor sabe que este retrato é o do escultor? – pergunta Rodrigo ao padre.

O sacerdote retorna à mesa, acompanhado dos quatro jovens e voltam a sentar-se.

– Trata-se de uma história bastante interessante. Quando aqui cheguei há, aproximadamente, dez anos, também senti a mesma grandiosidade daquela escultura e nenhum dos padres desta localidade soube informar-me a respeito do escultor e comecei a pesquisar com antigos moradores do local, a respeito disso. Porém, não consegui nenhuma informação, a não ser a de que essa estátua sempre estivera nesta Igreja e, isso, informado pelo mais velho habitante da cidade. E passaram-se uns dois anos sem que eu conseguisse qualquer pista até que, por uma obra do acaso, logrei elucidar parte desse mistério.

Os jovens ouvem atentos e bastante excitados a

história do padre que faz questão de tudo narrar com certa inflexão de mistério em sua fala, cercada de pequenos intervalos, onde parece divagar através do passado.

– O senhor elucidou... – apressa Solange, com os olhos fixos no sacerdote que, limpando a garganta, continua.

– Esse retrato também sempre foi motivo de admiração e curiosidade de minha parte e, certo dia, ao fazer uma faxina neste cômodo, retirei a tela da parede e coloquei-a por sobre esta mesa para limpá-la com mais cuidado e vocês não podem imaginar o que aconteceu.

– Aconteceu...? – exclama, baixinho, Clóvis.

– O que aconteceu, padre? – pergunta, agoniado, Rodrigo, diante daquele verdadeiro suspense.

– Vejam só – continua –, eu estava efetuando a limpeza e percebi que o forro de tecido, no dorso do quadro, já estava bastante carcomido pelo tempo e resolvi trocá-lo por outro. E sabem o que encontrei escondido entre esse tecido e a tela?

– Fale, homem de Deus... – suplica Antônia.

– Encontrei uma carta.

– Uma carta?!

– Sim. Uma carta do retratado que se dizia o autor, o escultor da estátua.

A curiosidade agita os jovens.

– Mas por que ele escreveu uma carta e a escondeu dentro do quadro?

– Bem, – explica o padre – na verdade, não seria uma carta, propriamente dita, ou seja, ela não parecia endereçada a ninguém. Foi algo assim que ele parece ter escrito para si próprio, como se fosse uma página de um diário.

– E o que ela continha? – pergunta Solange, mais ansiosa ainda.

– Eu levei algum tempo para decifrá-la totalmente, porque estava escrita num linguajar um tanto quanto arcaico e numa grafia muito rebuscada, inclusive com alguns trechos onde a tinta já estava querendo desaparecer. Precisei estudá-la bastante até conseguir descobrir o seu verdadeiro conteúdo, usando a lógica do contexto.

– E, então...?

– Ele não revelava o seu nome, apenas que conseguira, finalmente, chegar ao fim de uma longa e extenuante busca, ao colocar a expressão do amor na pedra dura e fria. Referia-se também ao pequenino pedaço de vidro espelhado que encontrei juntamente com a carta.

– Um pedaço de espelho?

– Sim. Confessava ele a sua aversão, o seu verdadeiro pavor pelo espelho e que aquele pequeno pedaço era o único que guardara por muitos anos e que, somente há pouco tempo conseguira ter a coragem de adquirir um novo e voltar a mirar-se.

– Mas, por quê...?

– Pelo que pude entender, – continua padre Auguste – ele vivia solitário, mantendo-se com o trabalho de escultor, mas possuía um grande sofrimento porque não conseguia colocar em seu próprio rosto nenhuma expressão a não ser a da impassibilidade, detestando, por esse motivo, toda e qualquer superfície espelhada que lhe revelasse a sua fisionomia, como já disse, impassível, sem demonstração de qualquer tipo de sentimento.

– Meu Deus! – exclama Solange. – Como pode uma pessoa não demonstrar sentimentos?

– Já vi isso algumas vezes, minha jovem. Existem seres que não exteriorizam, fisionomicamente, o que estão sentindo, a não ser quando algo de muito grave lhes acontece.

– E ele não gostava de olhar para um espelho...?

– Diz ele, na carta, que muitas e muitas vezes tentara, à frente do espelho, modificar seu rosto, colocando nele expressões as mais diversas, mas sem conseguir. E essa era a sua agonia, apesar de Deus ter-lhe dado a capacidade de exteriorizá-las em suas esculturas. Passou, então, a vida toda esculpindo as mais diversas situações humanas e sua grande busca era a de representar, na pedra, o sentimento maternal e filial, já que, como escrevera, não havia conhecido a sua própria mãe.

– Pobre homem. Talvez tenha sido por esse motivo que possuía um rosto sem expressão.

– Pode ser... – diz o padre.

– E onde estariam as suas outras obras? – pergunta Clóvis.

– Não sei – responde padre Auguste. – Pelo que escreveu, deve ter deixado muitas esculturas espalhadas por todos os lugares, mas não se reporta a nenhuma delas.

– E o que mais diz a carta? – pergunta Antônia.

– Ele a termina com uma grande lição, meus jovens. Apesar de não concordar com as suas idéias, percebi um grande ensinamento em suas palavras.

– Que idéias?

– Ele escreveu muito sobre uma teoria reencarnacionista que abraçara e que somente ela poderia lhe dar uma explicação para o seu sofrimento.

– Já ouvi falar de reencarnação, padre, e confesso que chego a acreditar também – arrisca Rodrigo.

– Não vamos entrar no mérito da questão, meus jovens.

– Certo – concorda Antônia. – Mas que lição seria essa?

– Diz ele que tivera um sonho que lhe parecera bastante real, como se estivesse fora de seu corpo e vivendo numa outra época, mais remota, onde lhe foi revelado o motivo desse seu problema.

– E qual foi esse motivo, padre?

– O motivo foi que, numa encarnação anterior, fizera mal uso das expressões faciais, por força de seus dons inatos de ator, num torvelinho constante de fingimentos e mentiras, dos quais tirava proveito com a finalidade de enganar os seus semelhantes. Com essa capacidade, conseguira tornar-se respeitável e temido na Corte, através de inúmeras injúrias e calúnias, prejudicando muita gente em benefício próprio.

– E depois, então, reencarnara sem conseguir exteriorizar a menor expressão fisionômica, para que aprendesse a dar valor a essa sua capacidade que detinha em outra vida...? – pergunta Solange.

– Sim. E mostra-se, nos escritos, bastante agradecido a Deus por ter-lhe proporcionado dotes artísticos, com os quais conseguira expressar, através da escultura, os sentimentos que não conseguia demonstrar em sua própria face.

– Uma grande lição, realmente – concorda Clóvis. – Uma grande lição que nos ensina que devemos saber fazer bom uso de nossa passagem pela Terra, controlando e direcionando para o Bem, todas as nossas capacidades e tendências. O senhor não acredita nisso, não é, padre?

Padre Auguste permanece por alguns instantes em silêncio, quebrando-o logo a seguir:

– Não sei, meus amigos, apesar de, às vezes, até chegar a crer. O que sei é que, com a permissão de Deus, nosso Pai, o homem consegue realizar obras que nunca havia imaginado. Foi o caso desse escultor que, privado de uma capacidade tão comum, conseguiu colocá-la em prática através da pedra fria e bruta.

* * *

– E, então, François? Não valeu a pena ter deixado registrado, por escrito, a lição justa e nobre que você vivenciou e soube entender? – pergunta o Espírito Chanteau ao escultor que, junto a ele, observava os jovens e o padre Auguste.

E, François, com lágrimas a lhe correr pela face, responde, visivelmente emocionado:

– Louvado seja Deus e Nosso Senhor Jesus Cristo que, através de tantos Amigos Espirituais, proporcionaram a mim, Espírito devedor, a oportunidade de, não só resgatar os meus débitos, como servir de exemplo a tantas outras criaturas.

– Graças a Deus! Mas vamos retornar à nave da Igreja. Daqui a pouco deverão chegar novos estudantes.

VOVÔ NOEL

– Quantos anos ele tem? – pergunta o Espírito Antônio, em excursão de aprendizado.

– Seu Mário já completou oitenta e dois anos – responde Paulo, Espírito Instrutor que, com Antônio, realiza visita instrutiva à crosta.

– E sua desencarnação é hoje?

– Sim. A Espiritualidade tem novos compromissos para ele.

Nesse momento, Paulo e Antônio aproximam-se de uma Escola, naquela hora, vazia. Entram no prédio e dirigem-se até os fundos de um grande pátio onde, numa pequenina casa, de apenas um quarto, uma cozinha e um banheiro, reside seu Mário que, por muitos anos foi faxineiro daquela Instituição de Ensino particular e, hoje, aposentado, ali ainda permanece morando por caridade do proprietário e também pelo trabalho que realiza em prol dos menores carentes do bairro.

– Quanta luz, Paulo, e quantas entidades de sublime elevação estão aqui presentes!

– Sim. Seu Mário é muito querido por todos. Mas vamos pedir permissão ao Instrutor Alécio para entrarmos.

Permissão concedida, ambos entram no humilde lar, onde alguns outros Espíritos ali se encontram no intuito de preparar o ambiente para o processo desencarnatório. Seu Mário, de corpo recurvado, longas barbas brancas, porém, transparecendo possuir muita energia, está de pé defronte do fogão, mexendo um caldo. Ao seu lado, o Espírito de uma senhora, aparentando, aproximadamente, cinqüenta e poucos anos, observa-o, enternecida.

– Quem é essa senhora? – pergunta Antônio.

– É a esposa de seu Mário, desencarnada há algum tempo. Ele não a vê, mas, às vezes, parece sentir sua presença, chegando a conversar sozinho, como se estivesse falando com ela.

Nesse momento, como que inspirado pelas palavras do Espírito, seu Mário começa a falar:

– Alzira, querida, esta sopa vai ficar uma delícia e nós vamos tomá-la assim que eu terminar o meu trabalho. Aí sim, faremos a nossa ceia de Natal. Veja: consegui comprar até um refrigerante, daqueles que você gosta. Será uma noite memorável.

Dizendo isso, seu Mário apanha uma toalha num pequeno armário e recobre a velha mesa redonda, por sobre a qual deposita dois pratos, dois copos e duas garrafas: uma de refrigerante e a outra, vazia, com um pequeno toco de vela enfiado em seu gargalo.

– Vamos cear à luz de velas – comenta, contente,

rindo alto da fantasia que estava criando, como fazia sempre nos dias de Natal, pois apesar de ser uma pessoa muito lúcida, sentia-se bem, imaginando a companhia da esposa – Mas já estou começando a ouvir o alarido das crianças chegando – comenta.

– Crianças? – pergunta Antônio.

– Venha ver – convida Paulo.

Ambos saem da casa e Antônio, boquiaberto, vê longa fila de crianças que se forma do lado de fora da escola, num grande burburinho.

– O que é isso?

– Vou lhe explicar – responde Paulo sorrindo e um pouco emocionado – Há muitos anos, na véspera de Natal, como hoje, as crianças pobres do bairro aqui vêm para receber brinquedos das mãos de seu Mário.

– E qual a alma caridosa que doa tantos brinquedos neste dia?

– Seu Mário.

– Seu Mário...? Não entendo... ele me parece tão pobre.

– E, realmente, ele é muito pobre. O que ganha com sua aposentadoria mal dá para viver, principalmente porque, sendo um homem muito bom, está sempre ajudando alguém mais necessitado que ele.

– E os brinquedos?

– Para poder sobreviver e continuar auxiliando mensalmente algumas pessoas, com remédios, ele se levanta de madrugada todos os dias e sai pelas ruas com aquela carrocinha ali, que ele mesmo empurra com seu velho corpo.

Antônio olha para onde Paulo aponta e vê o pequeno veículo.

– Ele empurra aquilo?!

– Sim, ele é um catador de papel e, após encher todo o carrinho, vende o produto em alguns dos ferros-velhos da cidade.

– E os brinquedos?

– No meio do lixo que ele examina para retirar os papéis aproveitáveis, sempre encontra brinquedos quebrados que ele mesmo, à noite, durante todo o ano, conserta e recupera. É uma boneca sem braços aqui, um carrinho sem rodas ali, e, pode parecer incrível, mas ele sempre acaba encontrando, num outro dia, as partes que faltam. Muitas vezes, também, os próprios donos dos ferros-velhos acabam guardando brinquedos para ele.

– E no dia de hoje, véspera de Natal, ele os entrega às crianças?

– Sim. E sabe de uma coisa? Ele, conhecendo quase todas as crianças e suas idades, procura não decepcionar nenhuma delas.

– Parece impossível!

– Antônio, nada é impossível quando se quer fazer o Bem.

O portão agora é aberto e as crianças começam a entrar no pátio da Escola, em fila organizada por professoras e, todas, com os olhos fixos na pobre casinha, começam a cantar terno refrão: *Vovô Noel, onde está você? Vovô Noel, onde está você?* Vovô Noel é um carinhoso apelido que as crianças utilizam para chamá-lo, reportando-se, evidentemente, à figura de Papai Noel. Nesse momento, seu Mário sai da casa e, colocando-se à frente da fila, começa a caminhar, seguido por todos, até um galpão, onde estão guardados os brinquedos. Duas professoras abrem as portas do depósito e trazem uma cadeira para seu Mário sentar-se. A partir daí, tudo se transforma numa grande festa. Os pequeninos sentam-se em seu colo, outros acariciam suas barbas e os maiores beijam-lhe as mãos, agradecidos, enquanto ele vai distribuindo os presentes, sempre fazendo algum comentário sobre o brinquedo e não se esquecendo nunca de dar bons conselhos a cada uma das crianças. A distribuição leva algumas horas e o espetáculo emociona Antônio, pela luminosidade do ambiente, pela enorme quantidade de elevados Espíritos, ali presentes, e pela verdadeira chuva de luzes multicoloridas que cai do céu, ininterruptamente, numa verdadeira bênção a todos. E, com a voz embargada pela emoção e o rosto banhado de lágrimas, comenta com o Instrutor Paulo:

– Que coisa maravilhosa, Paulo! Quanta luz! Quanto amor! As crianças o adoram! Vovô Noel!

Paulo limita-se a sorrir e, enxugando furtiva lágrima, balbucia:

– Sim... Vovô Noel.

Mais algumas horas se passam e o pátio está novamente deserto. Seu Mário já se encontra de volta ao lar onde, aos olhos de Antônio, tamanha a luminosidade, não se vê mais nenhuma parede, nem o pátio, nem a escola, mas apenas os Espíritos presentes, os poucos móveis e utensílios da pobre cozinha, como se todo aquele ambiente tivesse sido transportado para uma grande abóboda de luzes. Então, o velho senta-se à mesa e começa a falar:

– Minha querida Alzira. Façamos uma prece antes da nossa ceia...Alzira?!!!

Esse espanto de seu Mário, entremeado de muita alegria, tem uma razão de ser: desprendido do corpo que, já sem vida, permanece sentado, o velho desencarna, encontrando-se, em Espírito, com a esposa e com todos os que ali estão. Abraça-a, muito emocionado, e ela o ampara.

– Meu velho, agora ficaremos juntos.

– Sim... mas que maravilha... nem imaginava... eu morri...?

– Não, meu querido, você não morreu, pois a morte não existe.

– Poderei ficar com você?

– Sim, mas primeiro, teremos que cuidar desse seu corpo espiritual, num hospital deste plano.

– Sim... sinto-me um pouco fraco... um pouco zonzo...

– Isso logo passará.

E, voltando-se para os amigos espirituais, Alzira lhes pergunta:

– Virá algum veículo buscá-lo?

Um dos Espíritos, que parece ser o organizador da tarefa de auxílio, lhe sorri e responde:

– Sim, minha irmã. Nós já preparamos o mais adequado para seu marido, numa grande homenagem que lhe dedicamos. Meus irmãos, providenciemos a vinda do veículo.

Dizendo isso, todos se concentram e um carro ali chega, fazendo seu Mário chorar copiosamente, de tanta emoção.

– Eu vou aqui? – pergunta à esposa, apontando para o veículo.

– Sim, meu bem. Esse é o carro que o levará. Acomode-se nele e prepare-se para partir. Nós todos o seguiremos.

E é, então, que, numa dádiva do Alto, seu Mário, o Vovô Noel, atravessa o portal da verdadeira vida, transportado por lindo e luminoso trenó. E no caminho, em direção ao Alto, ele ainda arrisca, obedecendo a um velho sonho de criança, uma rouca, tímida, mas feliz risada:

– Ho! Ho! Ho!

NOSSO PRÓXIMO

– E, então, Moreira, o que achou de minha palestra?

– Você fala muito bem, Antunes. Tem boa voz, boa dicção, boa presença, enfim, você é um bom orador. Notei que as pessoas ficaram com a atenção presa no que dizia e nem piscavam. Sabe que poderia ganhar muito dinheiro com isso?

– Ganhar dinheiro? Não, meu amigo. Se possuo esse dom, como você diz, continuarei a usá-lo graciosamente, apenas para levar o conhecimento espírita àqueles que necessitam. Aliás, tenho a plena certeza de ser auxiliado pelos Espíritos Superiores quando transmito esses ensinamentos.

Moreira ri do amigo.

– Lá vem você com essa idéia. Sabe que não professo esses pensamentos e somente vim assistir essa sua palestra pela amizade que nos une. Você convidou-me e não pude resistir à curiosidade de vê-lo falar, mas nada mais do que isso. E, se quer saber, o mérito é todo seu.

Você não precisa de ninguém para pôr em evidência essa sua capacidade e, muito menos, de Espíritos, como diz. Precisa, sim, aprender que temos que valorizar os nossos feitos. Olhe para mim: saí do nada e hoje sou poderoso. Quem diria que aquele garoto pobre, que precisava vender verduras de porta em porta porque seus pais eram muito pobres, se transformaria num grande empresário? E precisei de alguém, para isso? Por acaso, precisei de Espíritos para alcançar a fortuna? E hoje, por acaso, preciso de alguém? Não. Alcancei o sucesso graças à minha inteligência e são as pessoas que necessitam de mim.

Moreira e Antunes são grandes amigos. Moreira, como ele mesmo disse, conseguiu sair da pobreza e tornar-se grande industrial e Antunes, amigo da pobre infância, conseguira estudar Engenharia, graças à bondade de seu Moreno, comerciante da cidade, que lhe pagara os estudos. Aliás, Moreira sempre fazia questão de relembrar ao amigo que este conseguiu algo da vida porque foi auxiliado por seu Moreno, mas que ele subira sozinho os degraus da fortuna. Nessa noite, Moreira concordara em acompanhar o amigo Antunes até um Centro Espírita a fim de assistir a uma de suas palestras, mas apenas para agradá-lo, pois como dissera, não professava, de maneira alguma, as suas idéias a respeito do Espiritismo.

– Moreira, Moreira... – interrompe Antunes – Não pense dessa maneira. Deus nos permite as diversas encarnações por que passamos para podermos evoluir e, sempre convivendo uns com os outros. Nenhum Espírito conseguiria evoluir sozinho.

– Antunes, por favor. Não vamos começar tudo de novo.

– Deixe-me dizer-lhe, apenas, algo muito importante.

Os dois amigos estão retornando a pé para casa, em lenta caminhada, aproveitando a amena e agradável temperatura da noite. E Antunes continua:

– Moreira, preste atenção. Tudo o que sabemos e aprendemos por todos esses milênios que já reencarnamos, está gravado em nossa memória espiritual, porém, cada vez que para aqui retornamos em novo corpo, todo esse conhecimento, a nossa inteligência e a nossa sabedoria ficam restritas à capacidade de nosso cérebro material. E, então, quando aqui freqüentamos os bancos escolares, temos que recordar muita coisa que já sabíamos, recarregando, dessa maneira, esse novo cérebro; e de sua constituição dependerá uma maior ou menor retenção ou entendimento dos assuntos que tentamos recordar ou aprender. Por isso, quando achamos que alguém não é muito inteligente ou sábio, não podemos afirmar que esse Espírito realmente assim o seja, porque, livre do arcabouço corpóreo, ele poderá revelar-se muito mais adiantado e inteligente que muitos professores ou mesmo renomados cientistas. Também ocorre o caso daqueles Espíritos que reencarnam em situação de pobreza, onde não têm a oportunidade de freqüentar escolas a fim de "recordarem" os ensinamentos. E isso geralmente ocorre para que esse Espírito tenha, nessa encarnação, uma lição mais específica, talvez a da pobreza e da pseudo-ignorância. É, pois, muito importante que não desprezemos o nosso próximo porque, muitas vezes, ele é superior a nós, espiritualmente. Não podemos, de maneira alguma, medir as pessoas pela simples aparência externa. E quanto à sabedoria que, na verdade, nada tem a ver com conhecimento? Muitas pessoas, aparentemente ignorantes, são verdadeiros sábios pois conseguem tirar conclusões lógicas e corretas a respeito de diversas situações, exaltando e colocando o Bem a serviço da consciência e do íntimo das criaturas. Também precisamos levar em consideração a riqueza e a pobreza material. Alguém hoje, que possua muita riqueza, poderá amanhã, em nova reencarnação, nada possuir, principalmente se não tiver feito um bom proveito da fortuna que lhe foi oferecida por simples empréstimo e que deveria ter sido muito bem empregada em benefício de seus semelhantes. E, da mesma maneira, muitos pobres poderão, amanhã, retornar em berços de ouro, ou receber auxílio espiritual a fim de enriquecerem-se e cumprirem uma missão a que se comprometeram, junto à Espiritualidade Maior, antes do retorno à carne.

Moreira olha desconfiado para o amigo e pergunta:

– O que você está querendo dizer com tudo isso? Por acaso, quer me fazer crer que não tenho méritos por toda a fortuna que consegui alcançar? Quer me convencer de que preciso das outras pessoas para poder sobreviver? Ora, o que é isso, Antunes? Eu não preciso de ninguém.

– Não seja orgulhoso, meu amigo. Você, por acaso, não necessita de seus operários? De seus serviços?

– Você acha que eu preciso de meus operários ou são eles que precisam de mim?

– Realmente, eles necessitam de você, do serviço que você lhes proporciona e com o qual eles sustentam as suas famílias, mas você também necessita deles para realizar os diversos trabalhos de sua fábrica.

– E você acha também, que tudo o que conquistei caiu do céu? Que nada fiz para possuir o que hoje possuo?

– Moreira, reconheço todo o trabalho que teve para alcançar a riqueza, mas pode ter a certeza de que muito foi auxiliado pelos Amigos Espirituais que têm a missão de acompanhá-lo nessa sua jornada aqui na Terra. Procure lembrar-se de todos os lances de sua vida profissional, principalmente daqueles tantos, no qual você mesmo reconheceu parecer fruto de sua boa sorte, onde, realmente, pareciam ter caído do céu. Pense bastante sobre isso.

– Tudo bem. E com qual finalidade esses "meus Amigos Espirituais" me ajudaram a ficar rico?

– Missão assumida, Moreira. Missão assumida de bem utilizar todo esse dinheiro que a você foi permitido possuir para beneficiar o seu próximo, mas a título de empréstimo, já que não conseguirá levá-lo consigo para além-túmulo. E se não quiser retornar ao Plano Espiritual com a consciência pesada, como mais um fracassado na missão assumida, procure, desde já, bem utilizar tudo o que conquistou. Veja, por exemplo, como você mesmo disse, quantas criaturas dependem de você para o seu sustento e o de suas famílias. Procure tratá-las com dignidade e reconheça que também depende delas para a sua evolução espiritual.

Moreira volta-se, contrariado, para o amigo e explode:

– Já lhe disse que não dependo de ninguém, Antunes! Pode me chamar de orgulhoso, que sei que é o que pensa a meu respeito, mas continuo a lhe afirmar: não dependo de ninguém!

Nesse momento, um maltrapilho catador de papéis aproxima-se dos dois amigos, empurrando uma carrocinha de madeira, cheia de jornais velhos, latas e garrafas vazias. Antunes, prontamente, estende uma moeda ao homem e percebe que Moreira, contrariadamente, o imita, comentando:

– Você acha, por exemplo, que dependo desse miserável?

– Mas é lógico, Moreira. Ele acabou de lhe dar uma grande oportunidade de fazer uma boa ação.

O amigo meneia a cabeça em sinal de reprovação e rebate:

– Ele depende de mim, Antunes. Se somente eu pudesse lhe dar uma esmola e não o fizesse, ele não comeria. Quanto a mim, continuaria a minha vida, da mesma maneira. Você não vai me convencer.

Nesse momento, chegam a uma rua em que os dois se separam, indo cada um para sua casa, após despedirem-se e combinarem um novo encontro para o dia seguinte, no Clube. Moreira caminha mais alguns quarteirões e, de repente, ao dobrar uma esquina, estaca, levando as mãos ao peito, pois lancinante dor lhe acomete a região do coração, derrubando-o sem sentidos na escura e deserta via pública. Tivera um infarto.

***

– Como está passando, Moreira? – pergunta Antunes, ao visitar o amigo pela primeira vez no quarto do Hospital, após longos vinte dias de muita luta dos médicos para salvá-lo do fortíssimo infarto ocorrido naquela noite, sendo que, somente agora as visitas são permitidas.

– Estou bem, Antunes, e quero lhe dizer que você tem toda a razão. Realmente, necessitamos todos uns dos outros e, inclusive dos mais humildes. Quando tiver alta, quero que me ensine algo mais a respeito desse seu Espiritismo.

– Fico muito contente por isso, meu amigo.

– Não fosse aquele homem, heim, Moreira? – comenta o doutor Sales, presente no quarto e que o atendera quando chegou ao hospital naquela noite, em uma ruidosa e estranha ambulância. – Mais alguns minutos e nada poderíamos fazer por você.

Moreira chegara deitado por sobre jornais velhos, garrafas e latas vazias da carrocinha do catador de papéis que, extenuado, transportara-o em desabalada carreira, gritando:

– Abram caminho! Abram caminho!

O PERDÃO

– Por favor, tio Amélio, dê-me uma chance. Tenho esposa e filho. Prometo que isso nunca mais irá acontecer e pretendo lhe pagar.

– Nunca!!! Não lhe darei nenhuma chance. Nem a de me pagar! Será um eterno devedor deste seu tio que tanto fez por você.

– Pelo amor de Deus, tio. Preciso trabalhar. O senhor pode ter certeza de que nunca mais cometerei outro erro. E faço questão de lhe pagar. Eu lhe imploro.

– Já lhe disse que não e, por favor, retire-se de minha presença. Saia já!

– Por favor... – implora o moço, com a voz embargada pelos soluços e pelas lágrimas que não consegue evitar.

– Já lhe disse que não!!! – berra Amélio, dando um soco na mesa. – Você traiu a minha confiança e roubou-me. Nunca terá o meu perdão. Retire-se já!!! Saia!!! Saia!!!

O ódio toma conta do comerciante e as veias chegam

a entumecer-se em seu pescoço, tamanha a revolta e a violência de seus brados. Rui, seu sobrinho, sai lentamente da sala, sentindo-se como se o mundo tivesse sumido de sob seus pés. Arrepende-se amargamente do ato cometido e não consegue imaginar como tivera coragem de praticar aquele furto. Somente se recorda de que, movido por um incontrolável desejo de adquirir um toca-discos, subtraíra do caixa da loja em que trabalhava para o tio, uma pequena soma em dinheiro, o suficiente para a compra do aparelho e, tamanha era a confiança que o parente lhe devotava, que não chegou a perceber, mesmo porque era Rui quem controlava todo o resultado financeiro da firma. Passados alguns dias, muito arrependido do que fizera, resolveu devolver o produto do roubo. Sem saber o que fazer e como não havia ainda levado o aparelho de som para sua casa, pois não saberia explicar à esposa como conseguira comprá-lo, decidiu procurar o gerente da loja de eletrodomésticos para tentar desfazer o negócio e, com isso, retornar o dinheiro para o caixa, sem que o tio ficasse sabendo. O gerente do magazine, seu Demerval, muito gentil e compreensivo, fez com que Rui lhe contasse todo o ocorrido e informou-lhe que não poderia desfazer o negócio, mas que lhe compraria o aparelho para seu próprio uso. Rui agradeceu, comovido, e, assim, conseguiu repor o dinheiro no caixa da loja. Porém, alguns dias depois, foi procurado por Demerval que trazia uma triste história:

– Rui, sinto muito ter de lhe pedir que me ajude nesta hora difícil pela qual estou passando, mas creio que você é o único que pode me auxiliar.

– O que aconteceu? Fale sobre o que precisa e eu o ajudarei. Estou com uma dívida enorme para com o senhor.

Demerval conta-lhe, então, que necessita realizar uma cirurgia urgente em sua mãe e que, infelizmente, no momento, não possui dinheiro suficiente.

– Mas como poderei ajudá-lo? O que ganho dá apenas para o sustento de minha pequena família. Não tenho dinheiro.

– É uma pena... – lamenta-se o homem, bastante desalentado. – Bem... de qualquer forma, lhe agradeço, mas... pensei que... não... deixa pra lá... não poderia pedir-lhe isso...

– O que é, meu amigo? – pergunta-lhe o moço, bastante comovido com o problema e sentindo-se inútil diante daquele homem que tanto o ajudara.

– Bem... é que... como você mesmo me disse, possui todo o controle sobre o caixa da loja de seu tio e... talvez pudesse me arrumar o que preciso e eu lhe devolveria daqui a um mês, pois tenho um dinheiro para receber...

Rui, envolvido pelo drama que se lhe desfilava à frente e nutrindo grande confiança pelo homem que o salvara de difícil situação, resolve ajudá-lo, prometendo entregar-lhe a quantia à tardezinha. E, assim o fez, porém, passados os trinta dias, ao procurá-lo para receber o dinheiro, ouve estarrecedora notícia de um novo gerente da loja:

– É o que estou lhe dizendo, Rui. Seu Demerval faleceu na semana passada, acometido de um violento mal súbito.

– Mas... o senhor tem certeza de que se trata da pessoa de quem estou lhe falando?

– Se o senhor me diz que está procurando pelo seu Demerval, só pode ser o mesmo. Não temos nenhum outro gerente ou funcionário com esse nome. E, realmente, ele estava com a mãe muito doente, tanto que ela precisou ser submetida a uma cirurgia na outra semana. Parece-me, inclusive, que continua passando mal e que, talvez, deva ser operada novamente.

Rui já está com o suor a lhe escorrer pelo rosto tamanho o nervosismo que lhe toma conta.

– E o senhor poderia fornecer-me o endereço da residência de seu Demerval?

– Posso, sim.

De posse do endereço, Rui procura a esposa do homem e explica-lhe a situação, porém, é muito mal recebido pela viúva, filho e cunhado, que dizem sentir muito, mas que não podem pagar uma dívida da qual ele nem ao menos possui uma prova ou um recibo e que, mesmo que tivesse, não teriam o dinheiro suficiente, tendo em vista a doença da mãe de Demerval. Rui despede-se completamente desolado e abatido. Não sabe o que fazer. Arrepende-se amargamente por ter realizado aquele primeiro furto que, apesar de ter sido reparado, provocou toda aquela situação. E, não vendo saída, depois de ter tentado de todas as formas conseguir algum empréstimo para repor o dinheiro ao caixa, resolve contar toda a história ao tio, que o despede sumariamente. Encontra muita dificuldade para arrumar um outro emprego e a esposa chega a abandoná-lo, indo morar com o filho na casa da mãe. Mas Rui não desiste e consegue empregar-se. O tempo passa e tudo parece se ajeitar em sua vida, conseguindo até progredir financeiramente, procurando sempre pautar-se por extremada honestidade. Sua esposa, Linda, percebendo, pouco tempo depois, as boas intenções do marido, volta a morar com ele, trazendo consigo o filho querido. Rui não sente nenhum rancor pelo tio e resolve procurá-lo para, mais uma vez, pedir-lhe perdão pelo que lhe fizera um dia, dizendo que muito aprendera com aquela verdadeira lição por que passara e gostaria de lhe compensar, de alguma forma, o prejuízo que causara. Porém, o tio o recebe com o mesmo ódio com que um dia o despedira e enxotara de seu escritório.

* * *

Decorridos dezesseis anos, Amélio vem a desencarnar, encontrando, no plano espiritual, muitos amigos que vêm ao seu encontro no intuito de auxiliá-lo nesse seu novo retorno à verdadeira vida.

Recebe todo esse auxílio porque fora um homem sempre pronto a auxiliar o seu semelhante, sendo um exemplo a ser seguido, tamanho o trabalho desenvolvido em benefício das pessoas carentes, principalmente as necessitadas de tratamento médico e que não possuíam recursos financeiros. Mas não conseguia perdoar o sobrinho, tendo em vista o verdadeiro horror que possuía pelo ato de roubar.

Seus amigos da Terra, quando encarnado, tentaram demovê-lo desse sentimento pelo rapaz, mas não conseguiram e, agora, no Plano Espiritual, já recuperado da doença que o desencarnara, passa a freqüentar, dentre os demais afazeres da colônia que o acolhera, aulas sobre os mais diversificados temas, no tocante à evolução espiritual. Seus companheiros, também desencarnados, até então não haviam ainda tocado no nome de Rui e ele procurava não pensar nisso, fazendo de tudo para esquecer esse sentimento que teimava em ocupar-lhe a mente, até que, um dia, recebe a visita tão esperada da esposa querida que desencarnara algum tempo antes dele.

– Nara, minha querida esposa! – exclama Amélio, emocionado. – Meu Deus, como você está linda!

– Amélio, que felicidade encontrá-lo! Estava tão ansiosa, mas somente hoje tive autorização de vir ao seu encontro. Andei muito ocupada com o nosso pupilo.

– Nosso pupilo?

– Sim. Nosso pupilo Rui.

Amélio olha desconfiado para a mulher.

– Não estou entendendo.

– Você ainda não o perdoou, não é?

Amélio baixa o olhar e responde, sem muita convicção:

– Não sei, Nara. Não sei. Sabe o quanto detestava, na Terra, as pessoas que roubavam.

– Sei. E sei também por que possuía esse sentimento.

– Sabe?!

– Sim, Amélio. Mas, antes, gostaria de lhe descrever uma aula que assisti um dia, nesta colônia, logo que aqui cheguei

– Sim... – concorda Amélio, bastante interessado e ainda emocionado em ver a esposa tão radiante.

– A aula foi dada por um Espírito que havia sido eminente professor quando encarnado e nos explicou que o passado é muito importante para a nossa evolução, desde que saibamos entender a sua verdadeira função em nossas vidas.

– Continue...

– Explicou-nos ele, que a maioria das pessoas desconhecem isso e acabam aprisionando-se e sofrendo, como se estivessem acorrentadas ao pretérito, quando este possui apenas uma função didática em nossa caminhada.

– Sim... e o que mais disse ele?

– Bem, como professor que é, ensinou-nos que todo o aprendizado do Espírito é calcado no passado, da mesma maneira como o Espírito encarnado aprende ou recorda-se, quando criança, das lições dadas nos primeiros bancos escolares. Explicou-nos que todas as matérias didáticas tais como a História, a Geografia, a Matemática, a Química, a Biologia e outras tantas, na verdade, são partes de um passado, porque um professor somente poderá ensinar o que já foi descoberto, o que já foi analisado, o que já foi vivido, levando-nos à conclusão de que, na verdade, o passado somente nos serve como lição para o presente, com vistas ao futuro. E solicitou que todos nós, iniciantes ainda, descobríssemos para o que mais serviria o passado, a não ser para ensinar-nos.

– E...? – pergunta, interessado, Amélio.

– Na verdade, não conseguimos descobrir nenhuma outra utilidade para o passado, a não ser, realmente, a de nos ensinar e mostrar, pelo exemplo, quais os caminhos a serem seguidos, evitando-se os caminhos errados já percorridos.

– E quanto ao "nosso" pupilo?

– Ah, sim. Sabe, Amélio, ainda não é chegada a hora de você receber revelações de suas vidas anteriores na crosta terrestre, mas fui autorizada, para o seu próprio benefício, a lhe narrar, bem superficialmente, alguns acontecimentos que nos ligaram no passado.

– Nos ligaram?

– Sim. Eu, você e Rui.

– Não entendo.

– Numa vida anterior, Amélio, que, como já lhe disse, não irei entrar em detalhes, eu e você causamos muito mal ao nosso sobrinho.

– ?

– Fizemos dele um grande e talentoso ladrão a roubar em nosso próprio proveito, criando com isso em sua mente, a idéia do dinheiro fácil e dos prazeres propiciados por ele e, conseqüentemente, prejudicamos em demasia a sua estrutura moral. Com o passar do tempo e cientes de nosso erro, propusemo-nos auxiliá-lo em nova encarnação, educando-o no correto procedimento do Bem. E ele nos veio ter como sobrinho para que fizéssemos a nossa parte. Infelizmente, ele falhou, apesar de ter agido de uma maneira mais correta que a nossa, pois, arrependido do que fizera, tentou corrigir o seu erro. E nós o repelimos, mantendo para com ele um sentimento mesquinho de ódio, quando, na verdade, deveríamos tê-lo ajudado, pois fomos nós mesmos que, um dia, criamos nele essa facilidade pelo roubo, deixando-lhe ainda um pequeno resquício desse seu defeito.

– Entendo... – concorda Amélio, com lágrimas nos olhos, diante do grande erro cometido, compreendendo que não se deve julgar o próximo e, muito menos, odiá-lo porque, na verdade, nada sabemos de seu passado e do nosso próprio.

– E tenho ajudado Rui, desde então, e a você também, meu querido, para que extirpe esse ódio de seu coração.

– Uma grande lição essa do passado, Nara.

– Sim, uma grande lição. Mas o que mais me emocionou foi que o professor falou tanto do passado e de como devemos encará-lo que, no final, quando recebemos um livreto com uma síntese da aula, constatei que seu título não era *O Passado*, como eu havia imaginado.

– E qual era o título do livreto? – pergunta, curioso, Amélio.

– O título, impresso com letras grandes e douradas, era, na verdade, *O Perdão.*

O PASSAPORTE

– Seu passaporte, por favor – insiste pacientemente Luciano, o encarregado da recepção.

Honorato, também bastante polido, volta a insistir:

– Já lhe disse: eu sou espírita.

O recepcionista sorri e, gentilmente, lhe explica:

– Nós sabemos que o amigo é espírita, mas quando por aqui passou, há alguns anos, certamente apresentou-nos um Passaporte para que o carimbássemos e, agora, novamente, deve apresentá-lo.

– Mas... eu não me lembro... faz muito tempo que não viajo e nem sei que Passaporte é esse.

Nesse momento, ao lado, no mesmo balcão de atendimento, uma senhora é atendida.

– Seu Passaporte, por favor – pede o outro recepcionista, de nome Orlando.

– Meu Passaporte... oh, sim... está aqui – responde

a mulher, entregando um livreto que, rapidamente, é examinado pelo rapaz.

– Veja, Luciano, que beleza! – comenta Orlando com o colega, mostrando-lhe o documento da mulher.

– Meus parabéns, minha irmã – cumprimenta. – Realmente, está perfeita a coluna B de seu Passaporte.

– Muito obrigada – agradece a senhora, de nome Matilde.

Honorato arrisca os olhos por sobre o braço de Luciano e percebe, naquele Passaporte, duas colunas: A e B, sendo que a B está totalmente preenchida com anotações que não consegue entender. Verifica também que a coluna A possui poucas anotações.

– O que será tudo isso? – pensa e arrisca uma pergunta à mulher: – A senhora também é espírita?

Matilde olha carinhosamente para Honorato e responde delicadamente:

– Não, meu senhor, eu não sou espírita. Aliás, não possuo nenhuma religião definida, sabe? Nasci dentro de uma família muito religiosa, mas, aos poucos, fui distanciando-me de seus cultos e pregações.

– A senhora não acredita em Deus?

– Oh, sim, acredito piamente, do fundo de meu coração. Aliás, o meu coração bate pela vontade do Senhor, não é verdade? Pelo que sei, a Ciência não descobriu, ainda, dentro de seus conceitos, preceitos e conhecimentos o que faz o coração bater, mas os homens da Ciência, sabem que é a força de Deus, a divina força da vida, não é?

– Sim – concorda Honorato, impressionado com as palavras daquela senhora e com o seu tom de voz, calmo e tranqüilo.

Nesse momento, o atendente Orlando interrompe a conversa e convida a mulher a acompanhá-lo.

– E, agora, seu Honorato, por favor, entregue-me seu Passaporte. Ele deve estar no bolso direito de sua roupa.

Honorato apalpa o local indicado e encontra o livreto que entrega ao recepcionista, no mesmo instante em que Orlando volta para o seu local de trabalho, cerrando pesada porta atrás de si, por onde entrou dona Matilde. E, nesse momento, enquanto Luciano verifica o seu Passaporte, procura examinar melhor aquele balcão de atendimento, muito bonito, apesar de toda a sua simplicidade. Tanto os guichês, como os balcões e as paredes, parecem revestidos de um tipo de cetim rosa, com detalhes em seda branca, totalmente acolchoados, emprestando ao local um ar de muita organização e tranqüilidade.

– Realmente, – comenta Luciano – aqui diz que o senhor é espírita.

– Não lhe disse?

– É verdade – concorda Orlando. – E, por esse motivo, a coluna A de seu Passaporte está totalmente preenchida.

Honorato sente um alívio em ver o reconhecimento dos dois funcionários e estufa o peito de orgulho quando lhe falam da coluna A de seu documento.

– Mas... – continua Luciano – é uma pena. A coluna B está quase vazia.

– E a coluna A, bastante extensa... – diz Orlando.

– Mas do que vocês estão falando? – pergunta Honorato, um tanto aborrecido e preocupado. – O que significam essas colunas e por que você diz que é uma pena?

– Bem, seu Honorato, pelo exame de seu Passaporte, o senhor não poderá seguir viagem.

– Mas, como?! Eu sou espírita e tenho que ir. Se aquela senhora que nem religião possui, pôde seguir em frente, por que eu não posso também? Já lhes disse: eu sou espírita.

– Tenha calma, meu amigo, por favor. Como o senhor já pôde perceber, o seu problema está no preenchimento das colunas.

– Mas que colunas são essas, afinal de contas?

– Vou tentar relembrá-lo. Antes de iniciarmos uma viagem, registramos na coluna A de nosso Passaporte todos os nossos planos de trabalho e partimos. Quando retornamos da viagem, o nosso Passaporte já vem com a coluna B preenchida.

– Continuo sem entender.

– Veja as anotações da coluna A de seu Passaporte. Aqui diz que o senhor abraçará a Doutrina Espírita, através do auxílio de amigos espirituais e, em seguida, estão relacionados todos os trabalhos que se comprometeu a realizar. Veja também na última página, todas as pessoas que se beneficiariam com esse seu labor.

– Sim. E...?

– Na coluna B são registradas todas as concretizações desses trabalhos prometidos na coluna A. Veja, seu Honorato, o senhor cumpriu apenas um de seus comprometimentos: o de tornar-se espírita. E nada mais fez.

– Mas... e aquela senhora? A sua coluna A era bem menor que a minha...

– Sim. Ela pouco prometeu, mas muito realizou, como o senhor pôde ver na coluna B. E ela possui também alguns valiosos pontos a mais: não teve a ventura de tornar-se espírita. Apenas crendo no Criador ela foi muito além do que havia se proposto realizar.

– E eu não realizei o que propus...

– Não só não realizou como comprometeu o destino de muitos irmãos.

– Como assim?!

– O Plano Espiritual deixou de dar algumas missões a outros viajantes porque o senhor já as havia tomado para si. E, muitas outras criaturas que dependiam da concretização de suas propostas de trabalho encontraram-se, de repente, desprotegidas, como, por exemplo, no seu comprometimento com a construção de um orfanato naquele pobre bairro da periferia.

Honorato começa, então, a recordar-se dos compromissos assumidos antes de sua reencarnação e lágrimas começam a rolar de seus olhos, ao perceber o quanto falhara. Nesse mesmo instante, o balcão de atendimento começa a sofrer algumas modificações, acabando por transformar-se num enorme guarda-roupa e nos pés de uma cama, da qual Honorato se levanta, assustado, percebendo que tudo não passara de um sonho.

– O que aconteceu, meu bem? – pergunta-lhe a esposa que dormia ao seu lado, acordando com a agitação do marido. – Teve um pesadelo?

– Não, querida, não foi um pesadelo. Foi um sonho muito bom e peço a Deus que me dê mais algum tempo para que eu possa efetuar alguns trabalhos neste lado da vida. Preciso colocar em dia o meu Passaporte.

– Passaporte?! Você vai viajar?!

Honorato ri da situação confusa e diz:

– Não vou viajar, não, meu bem. Mas é sempre bom estarmos preparados para uma viagem, não é? Pelo menos, com a coluna B do Passaporte preenchida.

A PEÇA

– É sua vez, Alexandre – alerta seu Nelson – Entre bem devagar e procure colocar em seu semblante uma expressão de bastante sofrimento... preocupação... temor... ansiedade. Lembre-se: você está em luta com sua própria consciência. Vai...

Alexandre entra em cena e sua apresentação continua impecável. Afinal de contas, ensaiara, à exaustão, por meses a fio, a exemplo dos outros atores e, neste momento, parece estar realmente vivendo aquele papel como se fosse real.

Trata-se de uma peça teatral espírita na qual atuam vários jovens, dirigidos pelo seu Nelson, abnegado dirigente do Centro Espírita Irmã Odila. Alexandre vive o personagem de um Espírito desencarnado que, quando no plano da matéria, envergando um corpo físico, entregara-se ao vício das bebidas, das drogas e que, agora, no plano da verdadeira vida, sofre as conseqüências de seus atos, pois sente ainda os mesmos desejos. E é assim que, escravizado por uma legião de espíritos das trevas, cumpre determinadas missões para, em troca, obter permissão de haurir emanações etílicas e psicotrópicas de viciados da crosta. E procura levar a bom termo esses trabalhos que lhe são confiados, todos de cunho obsessivo, nos quais faz suas vítimas sofrerem as mais atrozes dores e depressões, oriundas mesmo de seu próprio sofrimento, bastando, muitas vezes, a sua simples aproximação.

O auditório do Centro Espírita, com duzentas e vinte poltronas, é pequeno para a quantidade de pessoas que ali se encontram assistindo ao espetáculo, onde, muitas, acomodam-se como podem: sentadas no chão, nas laterais e no corredor central.

Nesse momento, seu Nelson, que se encontra nos bastidores do palco dirigindo a entrada dos atores, volta seu olhar para uma pequena abertura, donde dá para avistar toda a platéia e um forte estremecimento percorre-lhe o corpo, pelo que acaba de ver. Através de sua mediunidade, mais precisamente de sua vidência, não mais consegue visualizar a platéia dos encarnados e, sim, um outro auditório, localizado no plano espiritual, com muitas entidades de aparência bastante desagradável. Sente, então, enorme preocupação e faz uma prece ao Alto, solicitando a proteção dos Irmãos Maiores, sendo que, poucos segundos depois, consegue perceber a presença de Entidades de Luz entre aqueles infelizes espectadores, localizados no outro plano da vida, mas com os olhares fixos na encenação teatral.

Nesse momento da peça, a emoção já toma conta de todos os presentes, tendo, muitos, já levado o lenço aos olhos, por não conseguirem conter as lágrimas, tamanha a emotividade que o enredo e, principalmente, a perfeita e tocante interpretação dos atores impõe naquela hora de intenso significado, onde a mãe de Alexandre, também desencarnada, porém Espírito de intensa luz, tenta, com o auxílio de outros tantos Espíritos Superiores, tornar-se visível ao filho, na tentativa de encaminhá-lo ao Bem.

O cenário é o de uma sessão espírita para a qual Alexandre está sendo trazido, a fim de ser doutrinado pelo dirigente da reunião. A cena, realmente, havia sido muito bem planejada e ensaiada. No centro do palco encontra-se uma pequena mesa, em torno da qual estão sentadas cinco pessoas, sendo, uma delas, o médium que dará passividade para a comunicação de Alexandre. Este aproxima-se, amparado por três outros atores que, trajando roupas brancas, representam os Espíritos encarregados de sua doutrinação. Um pouco mais à direita, em profunda atitude de recolhimento e oração, encontra-se sua mãe, também toda de branco. Alexandre, por sua vez, usa pesada túnica negra, combinando com sua fisionomia profundamente contraída por estranhos esgares a denotar diversos sentimentos, ora de revolta, ora de sofrimento, ora de cansaço, tudo entremeado com rápidos posicionamentos de atitudes de poder. A atuação do ator é excelente e o jovem que representa o médium também chega a surpreender, pois no momento da comunicação, Alexandre pronuncia sua fala apenas com movimentos labiais, deixando ao médium o trabalho de emitir o som das palavras e é impressionante o sincronismo entre ambos os atores, fruto, evidente, de meses e meses de ensaios.

– O que estou fazendo aqui?! Preciso voltar para o lugar onde estava. Tenho um trabalho a executar! Onde estou?! Por que me trouxeram aqui?!

– Acalme-se, meu irmão. Você foi trazido até este local de preces para ser auxiliado. Sinta a paz que envolve todo o ambiente.

– Não! Preciso dar conta de minha tarefa de hoje para receber a minha recompensa. Preciso voltar! Preciso voltar! Serei castigado!!!

– Você não pode mais voltar àquela casa. Não percebe o mal que está fazendo àquele pobre homem? Deixe-nos ajudá-lo.

Nesse momento, Alexandre parece perceber que não adianta mais lutar contra as invisíveis forças que o mantêm naquela situação e arrefece os ânimos.

– Como vocês vão me ajudar? Por acaso vão me dar o que mais necessito para mitigar este meu sofrimento?

– Meu irmão, nós vamos lhe proporcionar algo muito melhor, pois a nossa intenção é curá-lo dessa sua dependência.

– Como?... Vocês podem me curar?... Então... pelo amor de Deus... não agüento mais essa vida que levo e... gostaria de livrar-me dessa maldição do vício que me acompanha até depois da morte de meu corpo físico.

– Há alguém, aqui presente, que você não consegue ver, que lhe segue os passos há muito tempo e que o encaminhará para um tratamento, onde conseguirá se libertar desse seu tormento.

– Quem? Não vejo ninguém, além de vocês, encarnados...

– Faça um pequeno esforço. Procure abrir seu coração, seus sentimentos. Volte um pouco no passado. Lembre-se de quando era apenas uma criança. Lembre-se daquela que o criou... que o embalou nos braços...

– Sim... Não!... Espere aí... você não quer dizer que...

– Abra bem os olhos e veja...

– Mamãe!?...

Seu Nelson retorna, mais uma vez, o olhar em direção ao auditório e não consegue conter a emoção que se transforma em copiosas lágrimas quando vê entrar, naquele ambiente do Plano Espiritual, vários Espíritos femininos, nimbados de grande luz, evidentemente e, sem sombra de dúvida, as mães de todas aquelas sofredoras entidades presentes que, motivadas pelas palavras ali proferidas, voltam também seus pensamentos ao passado, à infância, e não conseguem conter o grito emocionado, ao mesmo tempo que o de Alexandre:

– Mamãe!?...

E, enquanto no palco, o jovem ator encena a visão de sua mãe e é abraçado por ela, arrancando lágrimas de todos os espectadores, ali mesmo, no verdadeiro plano da vida, infelizes irmãos desencarnados encontram um novo caminho e uma nova esperança através do amor, do amparo e do carinho daquelas que nunca os abandonaram: suas próprias mães.

NOSSO PRÓPRIO FUTURO

– O Espiritismo, hoje, acaba de perder um grande homem – comenta Alencar, um senhor de pouco mais de cinqüenta anos, ao jovem Laerte, de apenas vinte e cinco. Ambos são trabalhadores ativos do Centro Espírita Caridade e encontram-se, nesse momento, no velório de Pedro que, aos sessenta e sete anos, partiu para a verdadeira pátria espiritual.

– O senhor tem razão, mas imagino que esteja apenas usando uma força de expressão, porque tenho a certeza de que seu Pedro continuará trabalhando e, muito mais, ainda, pelo Espiritismo, principalmente no campo que ele tanto se afinava que era o da divulgação da Doutrina Espírita para as crianças e da caridade espiritual e material para com o próximo.

– Oh, sim. Estava referindo-me ao nosso convívio com ele, como encarnados. Tenho também a plena convicção de que sempre que possível, ele estará ao nosso lado, auxiliando-nos, como sempre o fazia. Você mesmo foi muito amparado por ele, não?

– Eu e, principalmente, muitos garotos pobres, que viviam perambulando pelas ruas, muitas vezes sem ter nada para comer e sem freqüentar escolas. No meu caso, tive pais muito bons que sempre procuraram tudo fazer pela minha educação e eu alimentava o sonho de, um dia, estudar em uma Faculdade, apesar de saber que eles não teriam condições financeiras para isso. Seu Pedro, então, conseguiu para mim uma bolsa de estudos e, se hoje detenho a profissão de Dentista, esse mérito devo a ele. Foi ele também que, a exemplo de outros garotos, ensinou-me tudo o que sei hoje sobre essa Doutrina maravilhosa que é o Espiritismo.

– Realmente, Pedro sempre procurava auxiliar os jovens que dele se aproximavam ou que ele sabia em dificuldades. Com quantos anos você teve seu primeiro contato com o Espiritismo?

– Com dez anos. Aliás, esse foi um assunto que sempre me atraiu e cheguei a ler *O Livro dos Espíritos* quando tinha apenas nove anos. Aos dez, eu e meu pai procuramos seu Pedro, por indicação de um Centro Espírita, a fim de conseguirmos um pouco de alimento porque estávamos passando por uma situação muito difícil em casa e foi, então, que fui convidado a freqüentar as aulas de Evangelização Infantil.

– E aí tudo mudou, não foi? Até estudar você conseguiu.

– Graças a seu Pedro. Que Deus o abençoe e que os Amigos Espirituais o protejam e acolham.

– Sabe..., Pedro, um dia, contou-me uma história, também bastante interessante e muito parecida com a sua.

– ...?

– Disse-me ele que, quando contava com, aproximadamente, dez anos, assim como você, sua família, que passava por grandes dificuldades financeiras procurou este nosso mesmo Centro Espírita e que o dirigente, na época, o doutor Prado, aliás, o seu fundador... você já deve ter ouvido falar...

– Sim. Foi um médico que teve que enfrentar muitos problemas com a fundação do Centro pelo fato de ser Espírita, mas sendo sua abnegação tão grande, conseguiu conquistar a simpatia de grande parte da população que percebeu no seu exemplo de vida, sempre pautado pela caridade e amor ao próximo, a beleza do Espiritismo.

– Isso mesmo, e assim como você está fazendo hoje, como Dentista, o doutor Prado também atendia os pobres, sem lhes cobrar nada.

– Assim como eu, não, seu Alencar. No meu caso, apenas atendo, nos fins de semana, aqueles que não têm condições financeiras e o Centro arca com todas as despesas com os materiais utilizados.

– Você é muito modesto, meu filho. Sei que faz isso também em seu consultório e sei que ministra aulas de Evangelização para adultos e crianças.

Laerte enrubesce e pede para que continue a contar a história de seu Pedro.

– Muito bem... como estava dizendo, a família de Pedro procurou o doutor Prado que fez todo o possível por eles, e foi assim que, ainda menino, tomou contato com a Doutrina Espírita, estudando-a nos fins de semana com uma turma de crianças que recebia aulas do médico. Quando ele contava com quinze anos, o doutor Prado veio a desencarnar, deixando, felizmente, já formada, uma grande equipe de trabalhadores que o substituíram à altura.

– Então, devo muito também ao doutor Prado pela formação espírita de seu Pedro, pois tudo o que sei e sou hoje, como já disse, é mérito desse grande espírita.

– Você tem toda a razão, Laerte. Perceba que a Caridade que realizamos hoje, para um nosso semelhante, certamente irá beneficiar outros tantos no futuro, como se fosse uma bola de neve que, ao rolar, vai crescendo, indefinidamente. Neste exemplo que estamos analisando, quantos Espíritos encarnados não foram auxiliados? O doutor Prado auxiliou Pedro, que praticou o Bem a incontáveis pessoas, inclusive a você que, seguindo o seu exemplo e tudo o que aprendeu com ele, está, também, dando continuidade à grande obra redentora de Jesus.

Laerte emociona-se com aquelas palavras e, enxugando furtiva lágrima, convida o amigo:

– Acredito que vai ser iniciado o sepultamento, seu Alencar. Vamos nos aproximar mais.

***

– Belíssima lição – comenta Carlos, Espírito Instrutor, ao seu acompanhante Joel, fazendo referência à conversa edificante de Alencar e Laerte.

– Realmente, todo e qualquer bem que realizarmos, irá trazer, sem sombra de dúvida, grandes benefícios a incontáveis outros irmãos.

– Somos todos artífices do futuro e quando todos os povos aceitarem essa verdade, baseada na necessidade instrutiva e evolutiva da reencarnação, passarão a investir, primordialmente, na educação e na preparação cristã de todas as crianças, assegurando, para si próprios, um retorno tranqüilo, num mundo bem melhor. Foi o que ocorreu com o doutor Prado que, ao voltar em nova vestimenta carnal, foi auxiliado por Pedro que, um dia, também desfrutou de seu amparo.

Nesse momento, Joel, que desconhecia pormenores daquele grupo de trabalho e que ainda se encontrava em estágio de aprendizado, junto ao Instrutor Carlos, perguntou, surpreso:

– Você quer dizer que o doutor Prado e Laerte...?

– Sim – responde, sorrindo. – Por que a surpresa? Prado e Laerte são duas encarnações vitoriosas de um mesmo e operoso Espírito.

OS DOIS CÁLICES

– Breno, sabe quem virá conversar com você hoje à noite?

– Quem, Meire?

– Seu Agenor.

– Agenor?...

– Sim. O marido de dona Lurdinha. Já lhe falei sobre ele.

– Ah, sim. Você me disse que ele andava um pouco angustiado... Não o conheço pessoalmente. Dona Lurdinha, sim, pois costuma freqüentar o Centro Espírita.

– Pois é. Ela anda bastante preocupada com ele. Falou-me que o marido já não é mais o mesmo. Anda muito neurastênico, implica com todo o mundo, fica nervoso à toa e não anda muito bem de saúde, sentindo dores por todo o corpo. Já procurou um médico e realizou diversos exames, mas não conseguiu descobrir nenhuma causa orgânica para essas dores.

– E ele quer falar comigo?

– Foi idéia de dona Lurdinha. Ela acha que você poderá aconselhá-lo, pois acredita que o marido pode estar obsediado.

– E seu Agenor?

– Bem, ele não é espírita, mas disse que topa fazer qualquer coisa para livrar-se desse problema.

O marido meneia a cabeça, concordando. Breno, um senhor de sessenta e sete anos de idade, é um grande estudioso da Doutrina Espírita e, tanto ele como a esposa, Meire, de sessenta e um anos, são ativos freqüentadores do Centro Espírita Allan Kardec. Ambos possuem mediunidade: Meire, de incorporação e Breno, desenvolvida vidência. E, após tantos anos de dedicação à Causa Espírita, as pessoas, sempre que necessitadas de algum conselho enobrecedor, os procuram, principalmente ao marido, a fim de receber uma palavra fraterna e esclarecedora.

*

– Sente-se, seu Agenor – convida Breno, após dona Meire tê-lo feito entrar na pequena oficina que o marido possui em casa. Breno está aposentado, após ter trabalhado por muitos anos como pequeno fabricante de variadas peças de metal e, agora, ainda mantém o hábito de realizar pequenos trabalhos, apenas como *hobby.*

– Obrigado – agradece o visitante, sentando-se numa cadeira, bem à frente de Breno que procura colocá-lo à vontade, fazendo variados comentários sobre as diversas peças ali expostas.

– Não sei como ainda possui disposição para fazer alguma coisa, seu Breno, depois de tantos anos de trabalho – comenta Agenor.

– A mente sadiamente ocupada nos livra de muitos pensamentos e atividades nocivas – responde.

– Depois que me aposentei, não consegui fazer mais nada. Não tenho ânimo. Mas também, pudera! O senhor não sabe o que foi a minha vida, seu Breno. O senhor deve ser sabedor de que trabalhei por trinta e dois longos anos como funcionário do governo.

– Sim. O senhor trabalhava numa repartição pública.

– Por trinta e dois anos... Trinta e dois anos de sofrimento.

– Sofrimento?

– O senhor não pode imaginar o que é lidar com o público. Todos sempre com pressa; todos achando que os seus problemas são os mais importantes e os mais urgentes. Um desespero. Um desespero exagerado das pessoas e um desespero meu em ter que atendê-las. Todo o dia eu ia para o trabalho, já revoltado, imaginando o que teria que passar e voltava para casa pior ainda. Até hoje sinto os reflexos daquele tempo. E o senhor acredita que as pessoas ainda têm o atrevimento de procurar-me em casa, para que eu as aconselhe a resolver as suas questões?

– Mas que maravilha, seu Breno! Isso vem provar que o senhor era um funcionário muito competente, que entendia bem do serviço que lhe fora destinado.

– Maravilha, uma ova! – altera-se um pouco o homem. – Já não agüento mais essa verdadeira romaria! Estou até pensando em mudar de cidade e só não o fiz até agora por causa de meus netos. Mas como as pessoas são ignorantes, não, seu Breno? Ninguém sabe nada. Não conseguem nem preencher um requerimento.

– Desculpe-me, seu Agenor, mas eu também não saberia como fazê-lo.

– O senhor não seria capaz de preencher um requerimento?!

– Creio que não. Veja bem: nunca precisei fazer isso e não saberia como dispor as palavras no papel, da maneira correta, e acredito que pouca gente o saiba.

– Mas não é só isso, seu Breno – tenta consertar, percebendo que havia criado uma situação delicada ao mostrar-se atônito pelo fato do outro dizer que também não seria capaz de preencher um papel que, para ele, era algo muito simples, tão acostumado estava pelos seus trinta e dois anos de serviço. – Esse povo me irrita. Aliás, são pouquíssimas as pessoas que não me irritam. Talvez seja por isso que possuo poucos amigos. E eles todos concordam comigo. Sempre que nos reunimos para bater um papo e começamos a analisar o comportamento das pessoas desta cidade, ficamos horrorizados com tanta ignorância e sabe que chegamos a sentir ódio de tanta incompetência e tanta estupidez?

– O senhor não acha que, talvez, estejam sendo críticos demais? Na verdade, nem todo o mundo pode ser como vocês.

– E não são mesmo. Aliás, até chegamos a prestar grandes serviços à coletividade.

– Como assim? – pergunta Breno, curioso.

– Sabe – começa a falar um pouco mais animado, ajeitando-se melhor na cadeira e inclinando o corpo um pouco mais para a frente. – Na verdade, eu e meus amigos formamos um grupo de policiamento.

– Policiamento?

– Sim. Nós nos reunimos todas as segundas, quartas e sextas-feiras de manhã, defronte o obelisco da praça e começamos a analisar os procedimentos nocivos de certas pessoas e, quando achamos necessário, entramos em ação.

– Entram em ação?

– Digamos que... tomamos algumas providências.

– E que providências são essas? – pergunta Breno, já impressionado, ao imaginar de que se trata.

– Muitas vezes, sabedores de que alguém está praticando alguma coisa errada, procuramos alertar as outras pessoas sobre o fato para que elas se precavenham. Em outras ocasiões, se for o caso, utilizamo-nos, inclusive, do anonimato para auxiliar.

Breno encontra-se atônito, não conseguindo acreditar no que ouve e argumenta:

– Mas como vocês podem ter a certeza de que esta ou aquela pessoa esteja realmente cometendo algum tipo de erro?

Agenor mostra visível ar de satisfação.

– Possuímos boas fontes de informação.

– E se estiverem equivocados, não acha que poderão prejudicar inocentes?

– Dificilmente nos equivocamos.

– Dificilmente?...

– Sim.

– Seu Agenor, gostaria de contar-lhe uma pequena história ocorrida há algum tempo.

– Pode contar.

– Há cerca de uns dez anos, um jovem trabalhava no escritório de uma fábrica de roupas femininas e cuidava do setor de compras da matéria-prima. Para tanto, realizava muita pesquisa em torno dos preços dos fornecedores e da qualidade do produto a ser adquirido E era sempre muito elogiado pelos proprietários da empresa. Certo dia, porém, foi abordado por um vendedor de uma das fornecedoras que lhe pediu exclusividade para fornecer os tecidos para a fábrica. Logicamente, o jovem não aceitou a proposta e o vendedor, então, dizendo que ele não havia entendido bem o que lhe havia sido proposto, arrematou, oferecendo-lhe uma sigilosa e polpuda comissão para que concordasse com essa exclusividade. O jovem, íntegro e honesto, não só confirmou a sua intenção em não concordar com aquela transação desonesta, como solicitou ao vendedor que não o procurasse mais e que, dali para a frente, somente negociaria diretamente com a empresa fornecedora. E ainda foi bastante caridoso pois prometeu não relatar a ninguém sobre aquela proposta desonesta, dando ao homem uma oportunidade de regenerar-se e nunca mais tentar negociar daquela maneira. E o que aconteceu? O vendedor, bastante contrariado com a atitude do jovem e movido por um torpe desejo de vingança conseguiu, através de outras pessoas da cidade, espalhar um terrível boato sobre o moço que, por pouco, não perdeu o emprego. E, sabe por quê?

– ?

– O senhor me desculpe, seu Agenor, ter de lhe dizer isto, mas o jovem quase perdeu o emprego porque o terrível boato foi espalhado e até confirmado, com veemência, por pessoas como o senhor e seus amigos. Pessoas que gozavam de muita credulidade na sociedade.

– Mas... – pergunta Agenor, bastante sem jeito – o senhor tem certeza de que isso realmente aconteceu?

– Tenho certeza absoluta, seu Agenor, porque esse jovem era meu filho.

Agenor engole em seco e empalidece.

– Eu sinto muito, mas...

– Seu Agenor, agora vou lhe dizer algo muito importante que, acredito, o senhor desconhece. Minha esposa relatou-me que o senhor viria à minha procura porque anda sentindo algumas dores e que não consegue descobrir a causa.

– Sim...

– Tenho certeza de que seus amigos também devem estar passando por esse mesmo problema de saúde que o senhor.

Agenor fica por alguns momentos pensativo e responde:

– Sim... quer dizer... mais ou menos. Realmente, quase todos queixam-se de algum problema de saúde e estão tendo dificuldade em curar-se, mas... talvez seja por causa da idade.

– A idade também ajuda muito, seu Agenor, mas há uma causa muito pior. Espere um momento. Eu já volto.

Seu Breno caminha até o fundo da oficina e volta com dois cálices de metal, os quais coloca por sobre uma bancada. São cálices antigos e encontram-se bastante empoeirados.

– O senhor está vendo estes dois cálices?

– Sim.

– Preste atenção no que vou fazer.

Dizendo isso, dirige-se até uma roseira, no quintal da

casa e colhe uma flor, trazendo-a para a oficina. Apanha, em seguida, um pequeno recipiente com água e imerge nele as suas pétalas, esmagando-as contra o fundo. Feito isso, coloca o líquido dentro de um dos cálices, levando-o para perto do rosto do homem.

– Sinta esse cheiro, seu Agenor. O que acha?

– Agradável. Sempre gostei do aroma das flores.

– Ele lhe faz bem?

– Sim.

– Vamos, então, agitar o líquido dentro do cálice e esvaziá-lo.

– ?

– O que aconteceu com o cálice, seu Agenor?

– O líquido lavou-o.

Breno abre, então, um armário e, de lá retirando uma garrafa, entorna o seu conteúdo, um líquido amarelado, dentro do outro cálice. No mesmo instante, ácida e malcheirosa fumaça desprende-se desse contato, fazendo com que seu Agenor torça o nariz e o cubra com as mãos.

– O que é isso, seu Breno? Algum tipo de ácido?

– Sim. Um forte ácido que, aos poucos, irá corroer o cálice de metal.

– Não sei se estou entendendo bem o que o senhor quer me dizer, mas...

– Seu Agenor, nosso organismo, comandado pela nossa mente, pode ser comparado com um cálice como estes que o senhor está vendo. Quando fazemos o Bem, quando procuramos auxiliar o nosso semelhante, principalmente aqueles que sabemos em dificuldades, sejam materiais ou morais, é como se desprendesse de nós uma energia agradável que, além de trazer uma sensação benéfica e de muita paz a esse nosso próximo, como ocorreu com as pétalas de flor, propiciará, a nós mesmos, uma verdadeira limpeza em nossos organismos espiritual e fisiológico. Porém, quando, além de não auxiliarmos os que sabemos em dificuldades, como é o caso de todas essas pessoas que erram pelos caminhos da vida, procuramos massacrá-las com acusações e aumentamos, ainda mais, as suas dificuldades, exalamos vibrações tão negativas quanto o ácido mais forte e, pelo próprio exemplo do cálice, passamos a prejudicar e destruir nossos próprios organismos.

Agenor abaixa a cabeça pensativo e, após alguns instantes de reflexão, retorna o olhar, agora marejado por algumas benéficas e dadivosas lágrimas, dizendo:

– Seu Breno, vou meditar bastante sobre tudo o que o senhor me disse. Peço a Deus que o abençoe por essa valiosa lição e que Ele me ajude para que eu ainda possa ter a oportunidade de, nesta encarnação, sorver e servir o verdadeiro e doce cálice da vida.

A FONTE DE ENERGIA

– Sinceramente, seu Alaor, não consigo acreditar que o senhor conseguiu realizar todo esse trabalho – comenta Ronaldo com o pobre velho de oitenta e dois anos que lhe pedira para capinar imensa parte do jardim de sua mansão, a troco de algum auxílio financeiro. Atendera ao seu pedido apenas com a intenção de auxiliá-lo, porém, sem acreditar que aquele ancião conseguiria levar a efeito tão pesado labor, pois ele mesmo, nos seus trinta e poucos anos, não ousaria sequer aventurar-se naquela lida. Empresário rico que era, possuía um jardineiro efetivo, mas devido a um problema de saúde desse seu funcionário, a erva daninha e grande quantidade de galhos e folhas secas tomara conta do jardim, que seu Alaor limpara tudo com muita eficiência e rapidez, apesar de sua avançada idade.

O velho lhe sorri e responde:

– O trabalho não me assusta, meu bom senhor, e é nele que procuro buscar o meu sustento.

– Mas...com a sua idade...quantos anos o senhor disse que possui?

– Completarei oitenta e três anos no próximo mês.

– Realmente, é inacreditável. O senhor ainda possui uma companheira?

O olhar do velho torna-se triste quando responde:

– Infelizmente, minha querida esposa já faleceu há cinco anos...

– E o senhor mora com alguém?

– Não, meu senhor, moro sozinho numa pequena casa que eu mesmo construí, há mais de quarenta anos.

Ronaldo ainda não se conforma com a vitalidade de seu Alaor e continua a questioná-lo:

– Gostaria muito que o senhor me ensinasse como faz para manter toda essa força, toda essa disposição física.

O homem novamente lhe sorri.

– De fato, tenho muita saúde, graças a Deus, mas infelizmente, não saberia responder a essa sua pergunta e nem lhe dar nenhuma receita porque nem eu mesmo sei.

Nesse momento, seu Alaor levanta-se, pois estivera de cócoras limpando suas ferramentas numa torneira e Ronaldo fica impressionado com a altiva figura daquele ancião. Paga-lhe um pouco mais do que o combinado pelo serviço e, quando se despede, aceita o seu forte aperto de mão, sentindo verdadeira vibração de energia a lhe percorrer todo o íntimo, ficando a admirar os cadenciados passos daquele personagem atravessando o seu portão, em direção à rua, carregando a enxada e o ancinho por sobre os ombros como se estes nada lhe pesassem. E é então que, num ímpeto, sem nem mesmo saber o porquê, começa a segui-lo lentamente pelas ruas da cidade, fazendo o possível para não ser notado, numa incontrolável vontade de conhecer um pouco mais sobre aquele homem que tanto o impressionara.

– Ronaldo, há quanto tempo! – exclama, barrando-lhe a passagem, seu velho amigo Tales.

– Como vai, Tales? – responde ao cumprimento, sem lhe dar muita atenção e olhando por sobre seus ombros a fim de não perder seu Alaor de vista.

– O que foi, Ronaldo? – pergunta-lhe o amigo, tornando o olhar para onde este parece estar tão interessado – Por que tanta pressa? Parece–me estar seguindo alguém.

– Venha comigo, Tales. Preciso seguir aquele velho.

– Seguir aquele homem? Por quê?

– Venha. No caminho lhe explico.

E os dois amigos caminham juntos, procurando disfarçar aquela perseguição, acabando até por divertirem-se com aquilo, apesar de Ronaldo não saber explicar direito a Tales por que resolveu conhecer um pouco mais a respeito de seu Alaor.

Num dado momento, distraindo-se um pouco, acabam por perder o homem de vista e Ronaldo sente grande aflição, chegando a desesperar-se com isso.

– Onde será que ele se meteu?! – pergunta afobado.– Não sei, Ronaldo. Ele estava bem ali à nossa frente...

Começam a caminhar rapidamente, percorrendo, em ida e volta, alguns quarteirões, olhando para ambos os lados, em algumas esquinas, até que o velho reaparece, quase trombando com os dois que, de tão surpresos, entram pela mesma porta de onde parece ter o homem saído, carregando uma sacola de compras. Este não os vê, sentindo, os amigos, grande alívio por isso. Percebem, então, que haviam entrado em um pequeno mercado de alimentos.

– Desejam alguma coisa? – pergunta-lhes o comerciante.

Como dois adolescentes pegos em flagrante por alguma travessura realizada, retornam, quase que correndo, para a calçada, continuando a perseguição.

Mais algumas quadras são percorridas e concluem o quanto devem ter caminhado, pois mais de uma hora se passara desde que iniciaram aquela verdadeira aventura, notando também encontrarem-se num bairro bastante pobre, na periferia da cidade. Seu Alaor chegara, enfim, ao destino, abrindo a porta de uma pequena e pobre casa, enquanto os dois homens, não sabendo que atitude tomar naquele momento, entreolham-se interrogativamente, até que Ronaldo, num ímpeto, atravessa a rua, arrastando o amigo pelo braço e bate à porta que, prontamente, é aberta pelo ancião.

– Seu Ronaldo! O que aconteceu? Deixei de fazer algum serviço em seu jardim? – pergunta, preocupado.

O homem dirige o olhar para Tales, como que procurando alguma ajuda, mas percebendo que o outro apenas lhe sorri, resolve, envergonhado, contar a verdade ao velho, dizendo-lhe que ficara muito impressionado com ele, resolvendo, então, segui-lo para conhecer um pouco de sua vida.

Seu Alaor percebe o embaraço de Ronaldo e toma a palavra, no intuito de ajudá-lo:

– Os senhores não querem entrar um pouco? – convida-os, oferecendo-lhes a seguir duas velhas cadeiras para que se sentem – Não se impressionem com a simplicidade de minha casa, mas como o amigo já sabe, sou muito pobre e trabalho apenas para sustentar o meu velho corpo.

– O senhor comprou alguma coisa no armazém, seu Alaor? – pergunta-lhe Tales, tentando iniciar algum tipo de conversação.

– Sim. Com o dinheiro que, caridosamente, seu Ronaldo pagou pelo meu humilde serviço, comprei algumas verduras e um bom pedaço de carne para uma sopa. Vocês gostariam de jantar comigo?

Os amigos prontamente aceitam o convite, percebendo a oportunidade de conversarem um pouco mais com seu Alaor que, pedindo-lhes licença, dirige-se até um dos cantos do pequeno cômodo e começa a lavar os ingredientes, após colocar uma pretejada panela a esquentar grande quantidade de água em um carcomido e enferrujado fogão. Meia hora se passa e convidativo aroma começa a invadir o ambiente. Nesse momento, seu Alaor os convida a passar para um outro cômodo, mais ao fundo da casa onde, sob o olhar surpreso dos dois, começa a espalhar por sobre uma grande tábua, apoiada em dois cavaletes, à guisa de mesa, mais de uma dezena de amassados pratos de alumínio e igual número de colheres.

– Por favor, queiram tomar assento, meus amigos – convida-os, enquanto se dirige até um pequeno portão improvisado numa cerca de bambu, nos fundos do quintal, onde, girando uma tramela, deixa-o entreaberto, retornando em seguida.

Ronaldo senta-se à mesa, no que é imitado por Tales. Ficam, então, a observar os movimentos de seu Alaor que traz a enorme panela de sopa, juntamente com um saco de pano de onde retira e espalha, por sobre os pratos, pequenos pedaços de pão velho.

– Aguardemos mais alguns minutos e já poderemos jantar – pede, dirigindo o olhar para os fundos do quintal.

Mais alguns segundos se passam e o pequeno portão é aberto, dando passagem a uma fila de pobres anciãos que, abraçando carinhosamente seu Alaor, sentam-se ao redor da mesa, dirigindo a Ronaldo e Tales um tímido e surpreso cumprimento, através de um menear de cabeças. Seu Alaor, então, faz uma rápida prece de agradecimento a Deus e começa a servir a todos. Percebe-se que a maioria dos velhos, doentes e alquebrados pela idade, não possui a vitalidade do anfitrião e furtivas lágrimas começam a surgir nos olhos dos dois amigos, principalmente quando Ronaldo, não contendo a emoção, começa a chorar, revelando ao amigo Tales:

– Agora descobrimos a elevada e sublime fonte de energia que sustenta e impulsiona esse velho gigante.

A GRANDE RESPONSABILIDADE

– Sinceramente, Flávio, Deus não tem sido bom para mim. Acho até que Ele esqueceu que eu existo.

– Não diga isso, Orestes. Você tem um bom emprego, uma família, uma boa esposa, ótimos filhos. Do que você reclama? Nunca lhe faltou nada.

Orestes e Flávio são amigos e companheiros de trabalho de uma grande empresa industrial e, nesse momento, como sempre fazem aos domingos à tarde, encontram-se num parque florestal onde costumam caminhar por uma larga trilha que circunda o local, não só com a finalidade do exercício físico, mas principalmente para descansar a mente em contato com a natureza e conversar sobre assuntos, quase sempre relacionados com o trabalho. Sentam-se agora em um banco rústico de madeira, à sombra de uma árvore e Orestes continua:

– É que não consigo sair disso... dessa minha vidinha, sempre com o mesmo padrão. Tenho visto muitas pessoas prosperarem. Você mesmo é como eu. Nada melhora para você. Há quanto tempo trabalhamos juntos nesta empresa e sempre "marcando passo"...? Aliás, você que acha que Deus é justo, como me explica o fato de nós levarmos essa nossa vida e o seu Torres, nosso patrão, usufruir de toda aquela fortuna que, na verdade, pouco lutou para conseguir, tendo herdado tudo do pai?

– Não seja ingrato, Orestes. O seu Torres é um bom homem e sempre tratou muito bem todos os seus funcionários. Ganhamos bem, até, se compararmos o nosso salário com o de industriários de outras empresas. Fora o plano de saúde que ele nos paga, a escola das crianças, o centro de lazer e a cesta básica, pela qual pagamos muito pouco. Para mim, o homem é um santo.

– Mas ele vive melhor que nós, sem fazer nada.

O amigo vai retrucar quando surge, ao lado dos dois, um senhor de idade já avançada, que lhes pede permissão para sentar-se também naquele banco.

– Certamente que sim – responde-lhe Flávio.

O homem dá um leve sorriso e, vagarosamente ajeita-se no banco.

Orestes, então, sorrindo para o amigo, pergunta ao velho:

– Meu bom homem, por favor, diga-me: o senhor é feliz?

O velho olha-o fixamente e responde:

– Meu filho, vou lhe dizer uma coisa: na verdade eu sou um grande candidato à felicidade e sei que um dia a terei. Essa minha certeza já me deixa feliz.

– Não estou entendendo – responde Orestes, olhando com um ar de galhofa para Flávio, que não lhe corresponde com o mesmo olhar, vislumbrando uma ponta de sabedoria nas palavras do homem – O senhor diz que é feliz por saber que um dia terá a felicidade? Isso me parece um tanto estranho.

– A felicidade a que me refiro não tem nada a ver com esses momentos felizes que conhecemos e sentimos. A grande felicidade será aquela que, um dia, nos encherá a alma e nos acompanhará sempre por este nosso infinito Universo, estejamos onde estivermos. E como sei que para atingir esse estado, é imprescindível livrar-me de todos os meus defeitos, sinto-me feliz em cada batalha ganha contra os grandes males da humanidade, geralmente ocasionados pela vaidade, pelo orgulho, pelo egoísmo, pela intransigência, pela prepotência, pela impaciência, pela inveja e pela ingratidão.

Orestes sente um certo desconforto quando o velho pronuncia a palavra "ingratidão", principalmente pelo tom de voz empregado e pelo seu olhar fixo. Flávio sente-se também perplexo com as palavras daquele homem e pergunta-lhe:

– Meu senhor, por acaso ouviu parte de nossa conversa quando aqui chegou?

– Sim. Ouvi quando você chamou seu amigo aqui de ingrato, por causa de seu Torres.

– O senhor conhece o nosso patrão?

– Sim. Conheço-o há muito tempo e, também, a

grande responsabilidade que pesa sobre seus ombros, dependendo dele o destino de centenas de famílias como a de vocês. Imaginem se ele, de repente, resolvesse parar de trabalhar e encerrasse as atividades da fábrica. Seu Torres é um abnegado e muito trabalha pela empresa, a fim de não faltar o ordenado e a assistência a seus funcionários. Aliás, já passou por momentos muito difíceis, muitas noites sem dormir, preocupado com problemas de ordem administrativa e funcional que vocês nem chegaram a tomar conhecimento e, por conseguinte, nunca perderam o sono. Quanto trabalho ele teve, por exemplo, quando precisou adequar todo o seu parque industrial às novas exigências do mercado, contraindo vultosas dívidas em Bancos, sempre preocupado com a perenidade do ganha-pão de todos. Podem ter a certeza de que vocês possuem muito mais momentos de descanso e descontração do que aquele pobre homem que, neste mesmo instante em que estamos aqui conversando, deve estar debruçado sobre sua mesa de trabalho, procurando soluções para problemas que, a todo momento, surgem numa empresa daquele porte.

– Realmente, o senhor deve ter razão – comenta Orestes, já arrependido de ter tecido aquele comentário sobre seu patrão. – Mas como o senhor pode saber tudo isso? Quem é o senhor?

O ancião sorri, acomoda-se melhor no banco de madeira e retoma a conversação:

– Vocês já ouviram falar em reencarnação?

– Sim – responde Flávio. – Já li alguns livros e até cheguei a assistir algumas palestras a respeito da Doutrina

Espírita e confesso que, apesar de não dedicar-me mais a esse estudo, possuo muita convicção a respeito.

– E você? – pergunta, agora, a Orestes.

– Flávio já me falou muito sobre esse tema, mas não sei se acredito... Pode até ser...

– Muito bem. Já que possuem algum conhecimento sobre o assunto, vou lhes narrar um fato ocorrido há muito tempo, na época das cruzadas onde dois guerreiros, pai e filho, cometeram tantas atrocidades gratuitas, com tamanha selvageria que chegaram a ser temidos e, até mesmo, odiados pelos próprios companheiros de empreitada, chegando, inclusive, a serem assassinados na calada da noite, depois de calorosa discussão com o chefe do grupo. Pai e filho, então, libertos do envoltório físico, passaram a sofrer, por séculos, o terrível assédio vingativo de suas vítimas, nos escuros e fétidos despenhadeiros do umbral. Também os outros guerreiros, antigos companheiros, ao desencarnarem, viram-se atraídos por aquele emaranhado de ódio e desejos de vingança. Muito auxílio foi tentado dar a todos pelos Espíritos Socorristas, mas o ódio era muito grande e dificultava sobremaneira o socorro, até que, após algumas centenas de anos, pai e filho puderam ser auxiliados porque se dispuseram ao arrependimento sincero e solicitaram auxílio ao Alto. Então, socorridos e retirados daquela região, também foi possível auxiliar os outros. E todos, vítimas e verdugos, começaram então a reencarnar, a maioria compulsoriamente, em determinada cidade, reunidos em vários círculos familiares, a fim de que o relacionamento entre pais e filhos pudesse transformar em amor o vil sentimento que lhes acometia o coração. E o guerreiro pai e o guerreiro filho que muitas vidas haviam ceifado, muitas famílias haviam prejudicado, para aqui vieram com a missão de dar a todos condições de sobrevivência digna e saudável.

Orestes e Flávio ouvem atentamente a narração, sem conseguirem esconder os sinais de estupefação que lhes marca os semblantes.

– O senhor quer dizer – interrompe Flávio – que o seu Torres e seu pai foram esses dois guerreiros?

– Eu não estou dizendo nada. Apenas lhes contei uma história – responde o velho, com um sorriso nos lábios.

– Isso também quer dizer... – complementa Orestes – que eu e Flávio podemos ter sido um daqueles guerreiros ou vítimas?

– Isso eu também não disse. Mesmo porque, em casos desse tipo, muitos outros Espíritos também reencarnam no intuito de auxiliar aqueles que para aqui vêm.

– Mas...

– Meus filhos, – interrompe o ancião – lembrem-se sempre: não se lamentem nunca por causa de frivolidades. Trabalhem. Trabalhem com muito amor e pensando no bem que estão fazendo para os seus semelhantes. E sejam sempre gratos a Deus e aos homens.

Dizendo isso, o velho levanta-se do banco e, silenciosamente desaparece por entre as árvores daquela reserva.

❊ ❊ ❊

No dia seguinte, na fábrica:

– Orestes, você está com algum problema? Seus olhos estão marejados de lágrimas – pergunta seu Torres para o rapaz quando este, pela primeira vez, entra na sala da diretoria da empresa, a fim de lhe levar uma encomenda.

– Não tenho nada, não, seu Torres . Mas diga-me uma coisa: de quem é aquele retrato ali na parede?

– É de meu falecido pai que começou toda esta empresa.

E Orestes não consegue mais conter as lágrimas ao ver o retrato do velho que sentara-se ao seu lado no Parque, na tarde do dia anterior.

A PRÁTICA

– O que me diz disso, Gino? Já não sei mais o que fazer. O Parada veio me pedir a conta e deixou o circo. No mês passado, já perdi dois ótimos funcionários da armação e você viu o atraso que isso acarretou nesta cidade. Precisei contratar pessoas que nunca trabalharam com uma lona, precisando de seis para substituir os dois. Pirulito abandonou-nos há seis meses e o Pipoca, que contratamos, não chega nem aos pés dele. O que está acontecendo?

Gino levanta-se e, abrindo uma das janelas de seu *trailer*, volta a sentar-se defronte de Domênico, proprietário do Grand Circo Domênico, no qual trabalha há vinte e dois anos como malabarista na corda bamba, além de outros números acrobáticos e diversas atividades concernentes à montagem dos espetáculos. O circo é considerado de médio porte, conseguindo arrastar muito público em suas apresentações, haja vista que, na maioria das vezes, é montado em pequenas cidades, onde o povo ainda possui grande predileção por esse tipo de atração.

– Meu amigo Domênico, já lhe disse, por várias vezes, o que está acontecendo, mas você não me ouve.

– Não sei, não, Gino. Não penso como você. Possuo este circo, que herdei de meus pais há mais de quarenta anos, sempre fui como sou hoje e nunca tive esses problemas. Temos que ser duros nesse tipo de trabalho.

– Acontece, Domênico, que, durante esses quarenta anos, você piorou muito e as pessoas que o vêm acompanhando já estão cansadas. Por sua vez, as que entraram depois não possuem o amor que as mais antigas devotam a este circo, onde praticamente cresceram.

Domênico olha fixamente para Gino e, por alguns minutos fica pensativo, antes de usar novamente a palavra.

– Por acaso, eu o maltrato, Gino?

– A mim, não, Domênico. Você nunca usou de aspereza para comigo, mas sabe, no fundo dessa sua cabeça oca, o motivo, apesar de sempre ter-lhe dito que devo muito mais a você do que você a mim.

Nesse momento, os amigos permanecem em silêncio por algum tempo, rememorando mentalmente o que acontecera com ambos há mais de vinte anos, quando Domênico, com quarenta e poucos anos de idade, vira-se envolvido em feio desastre automobilístico, ficando preso entre as ferragens de seu carro, ao perder a direção. O veículo rolou de grande altura até chocar-se com uma árvore que impediu uma queda muito maior naquele enorme barranco que terminava em caudaloso rio. Era noite e, preso pelo pé, na haste do freio que entortara, não via nenhuma possibilidade de sair dali, já que a posição que ocupava não lhe permitia alcançá-lo, sendo acometido, então, por grande desespero, pois conhecendo aquele local, tinha ciência da existência do rio, além do fato de o carro balançar a cada movimento que fazia com o corpo. A única coisa que conseguia fazer era gritar por socorro, na esperança de ser ouvido, até que, cansado, calou-se, percebendo que ninguém ousaria descer até ali naquela noite. Porém, algumas horas passadas, ouviu uma voz falando com ele. Voltou o olhar para a janela do carro e visualizou, iluminado pelo luar, o rosto de um jovem que procurava manter-se equilibrado, agarrando-se nos galhos da árvore.

– Cuidado! – gritou, desesperado, quando o rapaz, procurando apoiar-se na lataria do automóvel balançou-o perigosamente. – Não toque no carro, menino. Vá buscar ajuda.

– Buscar ajuda como?

– Vá até a cidade mais próxima a uns doze quilômetros daqui e peça ajuda ao pessoal do circo. Sou o dono dele.

– Demoraria muito, moço – responde o jovem. – Estou viajando a pé. Sou andarilho.

– Então, por favor, volte até a estrada, pare algum veículo e peça carona.

– Essa estrada não tem movimento nenhum à noite.

Eu a conheço bem, pois já passei por aqui por diversas vezes. Somente de manhã começará o tráfego de caminhões de carga.

– Meu Deus! Teremos que esperar até amanhã. Você faz esse favor para mim, assim que raiar o dia e os caminhões começarem a trafegar?

– Olhe, moço. Acho melhor ajudá-lo a sair daí já. Essa árvore não agüentará até o sol nascer. Ela está começando a rachar. Ouça o barulho, quando o carro balança.

– Ai, meu Jesus! Você tem razão, mas não consigo libertar o meu pé e será perigoso qualquer movimento.

– Se o senhor quiser, posso tentar libertá-lo bem devagar para não balançar muito. Aliás, acho que não tem nenhuma outra saída.

Domênico concordou ao ouvir um outro estalido do tronco da árvore e pediu muito cuidado ao rapaz que lentamente começou a abrir a porta do veículo, calçando-a com alguns galhos para que ficasse aberta, com o propósito também de manter a lataria um pouco mais fixa à árvore, evitando o balanço. Depois, com muito sacrifício, conseguiu desvencilhar o pé de Domênico da haste do freio. Mais de uma hora se passou até o rapaz conseguir retirá-lo de dentro do veículo, agarrando-se a arbustos, ao mesmo tempo em que o prendia com o próprio cinto a uma raiz que encontrara, apalpando o terreno. Permaneceram por algum tempo quietos a fim de descansarem um pouco até que forte ventania começou a varrer aquele local, antecipando torrencial chuva, prenunciada por luminosos raios no horizonte. Iniciaram, então, sofrida e estafante subida pela encosta em declive, onde o rapaz utilizou toda a sua força física para ajudar Domênico; quando estavam já na metade do caminho, ouvindo forte estalo, volveram seus olhares para baixo, a tempo de ver o automóvel cair no vazio, de encontro à água do rio.

– Você salvou-me a vida, meu rapaz – afirmou Domênico – e vou recompensá-lo por isso.

E, realmente, Domênico cumpriu a sua palavra, pois, assim que conseguiram uma carona, dirigiram-se para o circo, onde, ao saber que o rapaz era sozinho no mundo decidiu abrigá-lo e ensinar-lhe o trabalho circense. Gino optou pela corda bamba e alguns outros malabarismos que aprendeu após muito esforço, muita abnegação, muito treinamento e prática constante, vindo a tornar-se um grande artista e sendo tratado por Domênico como se fora o filho que nunca tivera, percebendo, com o passar do tempo, que esse tratamento respeitoso que o dono do circo lhe dispensava era bem diferente do que dispensava aos outros tantos artistas e funcionários. Domênico era por demais ranzinza, prepotente, irascível e, principalmente, ditador, conduzindo a vida de todas aquelas pessoas com mãos de ferro, como se não passassem de objetos, além de ser muito exigente e não perdoar erros. Gino nunca o vira cumprimentar ou ser cumprimentado por qualquer um que fosse e percebia agora que muitos já o haviam abandonado, principalmente os mais jovens, e que a fama de Domênico já chegara ao conhecimento de outras *troupes* circenses. Por diversas vezes já o aconselhara a modificar a sua maneira de agir, sem conseguir nenhum resultado e, agora, Domênico o procurava para expor as conseqüências desse próprio problema.

– Sabe, Gino, às vezes, penso que você tem razão quanto à minha maneira de ser e agir com as outras pessoas, mas como posso mudar de um momento para outro? Isso está em mim; está em meu sangue. Sou assim mesmo.

– Mas é preciso mudar, Domênico. Posso lhe garantir que, se passar a tratar as pessoas de outra maneira, tudo melhorará no circo.

– E como mudar, Gino? Não consigo.

– Domênico, na vida, algumas coisas são difíceis de serem aprendidas. Lembra-se de quando aqui cheguei e você resolveu abrigar-me?

– Sim.

– Pois,então. Eu não conhecia nada sobre a arte circense e você fez de mim um bom malabarista, um grande equilibrista.

– Você se fez, Gino.

– Não, Domênico. Foi o seu método de ensino. E não foi fácil. Quantos tombos levei e quanta perseverança precisei ter para aprender a manter-me em pé na corda bamba. Hoje, essa corda é, para mim, quase que como uma extensão de meu próprio corpo. O mesmo acontece com os bastões e aros que atiro para o ar. Mas aprendi tudo com o seu método, que fez com que eu praticasse muito, praticasse incansavelmente.

– E você acha que...

– Sim, Domênico. Tudo é prática, treinamento, e gostaria de ser hoje o seu treinador.

– Meu treinador...?

– Seu treinador na arte de tratar com as pessoas.

– Não sei...

– Deixe-me tentar.

Domênico fica por alguns instantes em silêncio até que concorda:

– Está bem, Gino. Mas como será isso?

– Bem...em primeiro lugar e o mais importante é que você faça como eu fiz, ou melhor, como você obrigou-me a fazer.

– Como assim...?

– Terá que me obedecer cegamente, sem nenhuma contestação.

– Não sei...

– Prometa-me.

– Está certo... Eu lhe prometo.

– Então, começaremos amanhã de manhã. Serei sua sombra e fará tudo como eu lhe disser.

E, assim, os dias vão passando. Domênico começa, sendo obrigado, já na primeira manhã, a cumprimentar todos os componentes do circo. Em seguida, a dar ouvidos a todas as questões ou sugestões que lhes são apresentadas; a sorrir sempre; a dar novas oportunidades quando alguém comete algum pequeno deslize; a proferir palavras de estímulo a todos os que se esforçam no estafante trabalho circense, sempre vigiado de perto por Gino.

Porém,passados os primeiros cinco dias, Domênico explode com o amigo:

– Gino, não agüento mais esse sacrifício.

– Você não vai desistir agora, Domênico. Não vai, não. Vou provar-lhe que, em poucos meses, tudo começará a modificar-se.

– Não sei onde estava com a minha cabeça quando concordei com você. Mas trato é trato. Vamos em frente.

– Assim é que se fala, Domênico.

E a prática e o treinamento continuam.

* * *

Dois anos depois...

–Venha depressa, Gino – clama dona Gertrudes, uma das cozinheiras da *troupe*. – Domênico está caído lá no picadeiro.

Gino corre e, abrindo caminho entre vários outros

funcionários do circo, chega até o amigo que, estendido no chão, clama por sua presença.

– O que aconteceu? – pergunta Gino, preocupado.

– Ele sentiu-se mal, de repente, com dores no peito – responde Raul, o mágico, que informa já ter solicitado uma ambulância e socorro médico.

– O que está sentindo, Domênico? – pergunta-lhe Gino, debruçando-se sobre o amigo.

Domênico abre lentamente os olhos e, num esforço muito grande para falar, responde:

– Acho que chegou a minha hora, amigo. Deve ser o coração...muita dor...

– Acalme-se, Domênico. O socorro médico já está a caminho.

– Preciso falar-lhe, Gino.

– Não faça nenhum esforço.

– Chegue seu ouvido mais perto de meus lábios.

Gino obedece.

– Meu amigo, sinto que vou morrer e gostaria de lhe agradecer por tudo o que fez por mim.

– Não diga nada.

– Por favor...deixe-me falar...Um dia você salvou a minha vida física tirando-me daquele carro e, depois, ensinou-me uma grande lição: a de ser caridoso para com as pessoas e gostaria de dizer-lhe que nunca, em toda a minha vida, fui tão feliz como nestes dois últimos anos em que modifiquei a minha conduta. Hoje, graças a você, consigo ver as pessoas de uma outra maneira e, graças a isso, sou amado por todos os que me cercam. E como é bom ser amado.

Nesse momento, Domênico olha, agradecido, para todos os que estão à sua volta no picadeiro. Na verdade, todos estão ali, desde o mais humilde serviçal.

– Agora quero pedir-lhe um último favor...

Gino percebe que o amigo está, realmente, muito mal e deixa-o falar à vontade.

– Prometa-me...

– Prometo, meu amigo. O que você quiser.

– Quero que, de hoje em diante, comece a treinar outras pessoas. Quero que as faça praticar a bondade, a paciência, a tolerância e o perdão, como fez comigo, porque esse é o caminho da grande felicidade. E sei que qualquer ser humano pode adquirir isso porque assim como muito precisamos treinar e praticar para sermos artistas, também podemos treinar e praticar para melhorar-nos e para sermos, realmente, respeitados e amados por todos os que nos cercam. No começo é difícil, mas com a prática, passamos a sentir os benefícios e, então...só felicidade...treino...prática...felicidade...

A MALA

– Você não vai mesmo desistir, Jovino?

– Não, Gaudêncio. Tenho sonhado muito com nossa mãe e preciso encontrá-la.

– Mas você nem sabe onde ela se encontra. Já faz quase cinco anos que viemos para São Paulo e mamãe já estava doente lá no Ceará. Depois, ficamos sabendo que ela teve que se mudar, não tivemos mais notícias...

Lágrimas brotam dos olhos dos dois irmãos que, como muitos outros nordestinos, procuraram um dia um futuro melhor na grande metrópole paulista, nada conseguindo, a não ser uma miséria mais desumana e preconceituosa, onde a esperança de um dia poder proporcionar um pouco de alegria aos seus familiares, que muito longe deixaram, se desvanece como fumaça, ao sabor dos ventos tempestuosos, restando apenas a saudade em seus sofridos corações, simples e ingênuos.

– Acho uma loucura, meu irmão. Como vai fazer para chegar até lá? Não tem dinheiro e nem a mínima idéia de como e onde procurar a nossa mãe.

Jovino abaixa os olhos tristemente, ficando por alguns momentos em profundo silêncio até que, volvendo-os novamente para o aflito e preocupado irmão, responde, demonstrando grande convicção nas palavras:

– Vou encontrá-la, Gaudêncio. Sinto que vou encontrá-la. Não consigo mais pensar em outra coisa e não vou desistir. Farei disso a minha razão de viver, pois tenho a sensação de que ela ainda vive e espera por mim.

Gaudêncio, nesse momento, percebe que não conseguirá demovê-lo dessa obstinada idéia e abraça-o, comovido.

– Bem, Jovino, se é isso que você quer, acho que deve seguir o que lhe ordena o coração e, quando encontrar mamãe, dê-lhe um forte abraço e beije-lhe as mãos por mim. Vou rezar constantemente por você e, por favor, mande notícias.

– Isso mesmo, meu irmão, peça a Deus para que eu consiga realizar esse sonho.

Gaudêncio abre, então, a gaveta de um armário no pobre quarto que ocupam na periferia da cidade e de lá retira algum dinheiro.

– Tome. É tudo o que eu tenho. Isso o ajudará a atravessar pelo menos algumas fronteiras.

– Deus lhe pague.

– Quando pretende partir?

– Amanhã mesmo.

Gaudêncio olha preocupado para o irmão.

– Ainda temos aquela velha mala? – pergunta Jovino, na tentativa de mudar o rumo da conversa.

– Temos, sim. Está debaixo da minha cama. Você pode usá-la.

E, naquele momento, onde a angustiante incerteza do futuro parece tomar conta do ambiente, os dois irmãos começam os preparativos para a viagem de Jovino, arrumando diversos pertences na grande e antiga mala de couro.

– Deixe-me ver...levarei as minhas calças, as camisas...

– Leve uma blusa, Jovino.

– Bem lembrado. Deve estar pendurada atrás da porta.

– Não esqueça os documentos.

– Já estão no meu bolso.

– Seria bom levar também um bom naco daquela carne seca que compramos ontem. Poderá alimentar-se dela por alguns dias.

– E a minha caneca...essa eu prendo na cinta, como nos tempos de criança.

– E o chapéu de couro? – sugere Gaudêncio, emocionando-se ao ver o irmão apanhar o surrado chapéu e colocá-lo na cabeça, pois lembra-se imediatamente dos tempos de rapazola, na empoeirada e seca cidade cearense, onde habitavam pequeno sítio.

– Sapatos não quero. Pode ficar com eles. Viajarei com a minha sandália.

– Por que, Jovino? Sapato é melhor.

– Quando encontrar mamãe, quero que ela me veja apenas como o filho que cresceu, mas que em nada se modificou.

Gaudêncio meneia a cabeça tristemente, procurando disfarçar furtiva lágrima que teima em abandonar o seu olho, pois tem a nítida impressão de que nunca mais verá o irmão.

– Sabe, Jovino, estou sentindo uma enorme vontade de ir junto com você.

– Pois eu o aconselho a não fazer isso, Gaudêncio.

– Por que, meu irmão? É minha mãe também.

– E Francisca? Irá conosco?

– Bem...não sei...

– Nem pense nisso. Francisca é paulista, acostumada com outro tipo de vida, apesar de ser pobre como nós. Mas é muito diferente. Além do mais, eu não poderia permitir que você se aventurasse comigo numa viagem que nem sabemos se terá volta. Você gosta de Francisca, Gaudêncio. Case-se com ela e traga-a para morar aqui. Sei que querem constituir uma família.

– Você tem razão, mas agora que vejo essa sua

disposição de encontrar a nossa mãe...agora, vendo você assim, vestido como nos velhos tempos de nossa terra, não sei...sinto-me angustiado...afinal de contas, é a mãe, não é? A mãe, Jovino...aquela santa que nos criou...na pobreza...mas...com muito amor no coração...

Gaudêncio não consegue continuar e, abraçado ao irmão, irrompe em comovido pranto.

Passados alguns minutos, Jovino o afasta de si, fazendo-o sentar-se em uma cadeira e, acariciando-o pelos cabelos com as mãos grossas e calejadas do pesado trabalho a que se dedicam, procura consolá-lo:

– Acalme-se, Gaudêncio, e não sinta nenhum remorso em não me seguir. Fique aqui com Francisca e prometo-lhe que, assim que encontrar mamãe, mandarei notícias e aí, sim, você poderá empreender uma viagem para visitá-la. E tem mais um detalhe: o pouco dinheiro que tenho, mais o que você me deu, não dá para que nós dois alcancemos juntos, o que eu poderei percorrer sozinho.

– Você tem razão. Mas prometa-me que dará notícias. Leve um pouco de papel e uma caneta. Antes de você partir, pedirei a Francisca para que arrume alguns envelopes lá onde ela trabalha.

– Não se preocupe, Gaudêncio. Darei um jeito de escrever-lhe e não posso esperar por Francisca. Amanhã, bem cedinho,partirei.

– E como pretende viajar?

– Irei até a Estação Rodoviária e procurarei comprar,

com este dinheiro, a passagem que possa me levar o mais perto possível de nossa terra.

– E depois? – pergunta Gaudêncio, assustado.

– Não sei, meu irmão, mas Deus estará comigo e sei que me ajudará. Arrumarei um jeito de continuar a viagem. Tenho a certeza de que sempre encontrarei alguém que me auxilie. Tenho muita fé. Mas vamos terminar de arrumar a mala.

– Coloque o facão, mano. Poderá precisar dele.

– Facão? Para quê?

– Ora, Jovino, para se defender de algum inimigo.

– Inimigo, Gaudêncio? Não temos inimigos.

– Um assaltante, então. Um ladrão, um bandido...

– Um ladrão? Para roubar o quê?

– Ora, Jovino, roubar a mala.

– Ninguém irá querer roubar esta mala velha.

– Nunca se sabe...

– Fique tranqüilo, meu irmão. Além do mais, o facão somente iria aumentar o peso da bagagem.

– Está bem, mas vamos ver o que mais você deve levar.

– Deixe-me ver...calças, camisas, roupa de baixo, documentos, carne de sol...ah, sim...quero levar a minha gaita-de-boca e, por favor, Gaudêncio, deixe-me levar aquela foto em que você aparece com a Francisca. Quero mostrar para mamãe.

Gaudêncio vai buscar a foto e volta também com um outro pacote nas mãos.

– Tome a foto, Jovino, e leve esta rapadura. Vai lhe dar sustança na viagem.

– Obrigado. Acha que devo levar a imagem da santa que mamãe fez questão que trouxéssemos?

Gaudêncio sente um novo aperto no coração e, mais uma vez, lágrimas escorrem de seus olhos, pois sente grande pena do irmão, principalmente da ilusão que está alimentando. Como conseguirá encontrar a mãe? Nem sabem onde ela se encontra. Talvez nem esteja mais no Ceará... e se já estiver morta? Possuem alguns poucos parentes espalhados por aquele Estado, mas que nunca mais tiveram notícias. Quando saíram de casa com destino a São Paulo, haviam deixado a mãe com uma tia, tão velha quanto ela, a fim de tentarem uma vida melhor para depois irem buscá-las. No começo, as cartas que enviavam tinham resposta até que, na última que receberam, a mãe havia-lhes falado que estava de mudança para uma cidade vizinha, juntamente com a irmã e forneceu-lhes o endereço, porém, nunca mais conseguiram resposta às novas cartas, a não ser algumas trocadas com o carteiro que, penalizado, depois de alguns meses, escrevera-lhes informando que aquele endereço não existia. O homem, inclusive, bastante prestativo, fizera algumas investigações à procura das duas senhoras, porém, sem sucesso. O tempo foi passando e, apesar da enorme vontade dos irmãos em voltar para procurar a genitora, nunca conseguiram ajuntar o dinheiro necessário para a viagem. E, agora, Jovino tomara essa decisão que Gaudêncio não tivera coragem de contrariar, mesmo porque conhecia o irmão e sabia que não adiantaria tentar demovê-lo da idéia e sentia grande angústia, pois não conseguia vislumbrar nenhum sucesso nessa empreitada. Ao menos se tivessem dinheiro suficiente...

– Por que está chorando, Gaudêncio? Vou ao encontro de mamãe. E, se quer saber, assim que encontrá-la, não mais a abandonarei. Ficarei lá com ela. Não vou mais voltar. Mas não fique triste. Escreverei para você.

– Vai, então, Jovino. Mas eu lhe prometo uma coisa: vou vencer na vida e irei buscá-lo.

– Tenho certeza disso, meu irmão. Junto com Francisca você será um vencedor. E quanto à santa?

Gaudêncio dirige-se até a parede do fundo daquele cômodo, onde velha e gasta escultura de uma santa repousa sobre uma tábua presa a ela, à guisa de pequeno altar e, apanhando-a com cuidado, embrulha-a em uma toalha.

– Leve a santa para a mãe, Jovino.

– Agora, vamos dormir. Pretendo partir bem cedo, amanhã.

* * *

– Gaudêncio! Gaudêncio! – chama Francisca, entrando no pequeno cômodo, esbaforida. – Chegou uma carta. Deve ser de Jovino.

– Meu Deus! É de Jovino, mesmo! – exclama ao ler o nome do remetente, numa letra riscada com traços bastante trêmulos. – É do meu irmão! De Jovino! – continua exclamando, enquanto abraça o envelope de encontro ao peito. – Meu Deus! Tenho medo de abri-la, Francisca. Será que ele encontrou a nossa mãe? Onde será que ele está?

– Veja se tem o endereço dele no envelope.

– Não tem, Francisca. Só tem o nome.

– Olhe o carimbo do Correio.

– Não posso acreditar. Ele conseguiu chegar na cidade para onde mamãe nos informou que se mudaria. Será que ele a encontrou? Oh, meu Deus, não tenho mesmo coragem de abri-la.

Dizendo isso, Gaudêncio senta-se numa cadeira, colocando a carta sobre a mesa à sua frente.

– Ele conseguiu, Francisca. Ele conseguiu chegar até lá. Não estou acreditando. Jovino é um bravo, mesmo. Disse que conseguiria e conseguiu.

– Pelo amor de Deus, Gaudêncio. Abra a carta.

– Sim, vou abri-la. Sente-se aqui, Francisca, do meu lado. Vamos lê-la juntos.

A mulher obedece e Gaudêncio abre o envelope com muito cuidado, passando a ler o conteúdo daquela missiva em voz alta:

"Meu querido irmão Gaudêncio.

Espero que esteja bem de saúde. Você e a Francisca. Sinto muita saudade. Hoje, depois de seis meses que empreendi esta viagem em busca de mamãe, resolvi lhe escrever porque não sei mais quanto tempo ainda conseguirei viver sobre esta terra de Deus. Estou muito doente. Não quero que se entristeça por isso porque, apesar de não ter conseguido ainda encontrar nossa querida mãezinha, sinto-me muito feliz. Cada dia que passa, cada novo quilômetro percorrido, sinto estar cada vez mais perto dela. Às vezes, sinto a sua presença, como se ela estivesse guiando os meus passos em sua direção. Você acredita nisso? Parece que alguma força está nos atraindo.

Tenho ainda muita esperança. Aliás, essa foi a única coisa que ainda não perdi e peço-lhe perdão por isso. Mas não se preocupe. Ainda tenho a mala comigo e a santa também. A carne e a rapadura, já no primeiro dia da viagem, tive que repartir com outras pessoas. Era uma família que estava voltando para o Ceará e tinha muitas crianças. Todas com muita fome. As calças e as camisas, me roubaram. Junto com a blusa. Você tinha razão quando disse para eu ter muito cuidado com ladrões. Mas a gaita e a santa não levaram. Graças a Deus, porque a gaita é que tem me sustentado por todos esses meses. Existem pessoas muito boas por este mundo afora, Gaudêncio. Sento-me numa praça, começo a tocar a minha gaita e muita gente pára para ouvir. Alguns pedem para que eu toque uma música conhecida e colocam algumas moedas em meu chapéu, que deixo à minha frente. Nem sempre fico com todo o dinheiro porque existem muitas pessoas como eu, mas que não sabem tocar e, então, acabo dividindo um pouco com elas. Já ajudei muita gente, sabe? A sandália também já está bastante gasta, mas vou consertando do jeito que dá. Agora, quanto à mala e à santa, pode ficar descansado. Estão protegidas. Perdoe-me por não ter escrito antes, mas é que, no começo, passei por muitas dificuldades porque não estava acostumado com esta vida. Agora, já me sinto bastante calmo e com muita esperança. Por isso, assim que consegui arrumar uma caneta, papel e envelope, resolvi escrever-lhe. Um senhor pagou o selo. Um homem muito bom. Amanhã partirei para uma outra cidade. Dizem que lá tem uma vila e que muitos moradores daqui para lá se dirigiram, há uns cinco anos quando um açude foi feito aqui perto. É um lugar bem retirado da cidade e o Correio não chega até lá. Tenho uma sensação muito forte de que vou encontrar a nossa mãe. Demorarei muitos dias para chegar, mas, talvez, quando receber esta carta, já tenha chegado. Voltarei a lhe escrever. Você deve estar curioso para saber como faço para viajar de cidade em cidade. Vou andando, Gaudêncio. Quando consigo comprar algum mantimento, parto para a frente. Ganhei também um cobertor muito bonito. Você precisava ver. Mas não o tenho mais. Precisei deixar com uma velhinha que dormia num porão de uma Igreja. Ela estava muito doente. Levei um grande susto com ela. Pensei que fosse mamãe. O chapéu também precisei dar para um velho que tinha uma alergia na cabeça e não podia tomar sol. Agora, vou me despedir. Um grande abraço e que Deus abençoe você. Dê lembranças minhas para a Francisca.

Saudades do irmão Jovino."

Gaudêncio encerra a leitura banhado em lágrimas. Francisca chora com ele.

– Meu pobre irmão. Nunca mais o verei.

– Não diga isso, Gaudêncio.

– Mas é a realidade, Francisca. Ele não vai encontrar nossa mãe e vai continuar nessa vida miserável até o resto de seus dias porque não vai desistir dessa procura.

– Que ele não vai desistir, tenho certeza. Só que ele deve estar muito feliz. Você não sentiu isso em suas palavras?

– Senti, Francisca. Aliás, a única coisa que me consola é que sei que ele está fazendo aquilo que acha que deve fazer e está com a consciência tranqüila. E isso é muito bom.

– Vamos rezar por ele, Gaudêncio. Quem sabe, ele não encontra a mãe de vocês e, um dia, todos conseguirão se reencontrar?

– Vamos rezar, sim, Francisca.

* * *

Alguns dias depois, numa estreita estrada de chão batido, ladeada por cerradas matas...

– O que tem dentro dessa mala?!

– Quase nada, meu amigo. Apenas a imagem de uma santa. Não tenho mais nada.

– Pois não acredito em você! Deixe-me ver!

Dizendo isso, um outro andarilho, mais forte que

Jovino, tenta retirar-lhe brutalmente a mala de suas mãos. Jovino segura fortemente pela alça, mas esta se rompe, fazendo com que a mala seja atirada a alguns metros de distância, abrindo-se e espalhando alguns farrapos de pano e a imagem, embrulhada com a toalha.

– Não! – grita Jovino, desesperado, correndo em direção à mala – A santa!

O homem corre também e, apanhando enorme pedra, golpeia Jovino na cabeça, derrubando-o ao solo, inerte.

– Meu Deus! Ele tinha razão. Era só uma santa. Será que o matei?!

Mas sem tentar verificar o estado de Jovino, o homem embrulha novamente a imagem e parte em disparada, levando-a consigo.

Mais alguns minutos se passam e Jovino abre os olhos, bastante confuso com o que vê: três homens, totalmente vestidos de branco, ajudam-no a levantar-se, com muito carinho e cuidado e levam-no para dentro da mata que margeia a estrada. Lá, numa espécie de clareira, estranha neblina parece tomar conta do chão onde pisa e Jovino pergunta a eles quem são e o que está acontecendo. Um deles, o mais velho, lhe responde:

– Meu irmão, você não está à procura de sua mãe?

– Sim, mas como sabe?

O homem sorri e torna a lhe responder:

– Estamos aqui a pedido dela.

– A pedido de minha mãe?

– Sim. Você não quer vê-la?

– Oh, sim. Onde ela está?

Nesse momento, a neblina parece erguer-se à frente de Jovino e, de seu interior, angelical criatura emerge, radiante e sorridente.

– Meu filho!

– Mamãe!!! – grita Jovino, emocionado ao reconhecê-la, atirando-se a ela, que o abraça carinhosamente, afagando-lhe os cabelos.

– Finalmente me encontrou, Jovino, e estou muito orgulhosa de você. Agora precisamos partir.

– Vou com a senhora? – pergunta ainda muito emocionado e um tanto quanto confuso. – Será que estou sonhando?

– Não, meu filho, você não está sonhando. Estamos juntos finalmente. Venha comigo.

– Espere, mãe. Preciso apanhar a mala e a santa. Meu Deus, será que aquele homem roubou a santa?

– Não se preocupe mais com a mala, meu filho. Para onde vamos, não precisará mais dela.

– Não?

– Não. Em sua caminhada, ela apenas serviu para carregar os bens materiais que possuía dos quais você foi se despojando a cada novo passo que dava. E, cada vez mais, foi libertando-se do sentimento mais daninho que ocupa o coração da maioria dos homens: o egoísmo. Para onde vamos, ninguém perguntará a você o que trouxe na mala e, muito menos, se a possui. Apenas se importarão com o que você traz em seu coração. Apenas se importarão com os atos que praticou. A mala pertence ao mundo material. Somente os sentimentos pertencem a você.

– Minha mãe, diga-me uma coisa: porventura estarei morto?

– O seu corpo físico sim, meu filho, mas você não. Você está tão vivo quanto eu. Apenas estamos em uma outra dimensão, na verdadeira vida que é a espiritual e muito trabalho temos pela frente.

E, num misto de espanto com tudo aquilo que está lhe acontecendo, de alegria por estar tendo contato com algo tão maravilhoso e principalmente por estar ali junto à sua mãe, Jovino ainda arrisca uma pergunta, apesar de já ter plena certeza da resposta que terá:

– Meu corpo está lá na estrada?

– Sim, junto com a mala. Mas não se preocupe com nada agora. Vamos fazer uma prece de agradecimento a Deus por estarmos juntos novamente e rogar para que todos os Espíritos encarnados neste planeta de provas, expiações e aprendizado, percebam que as coisas materiais apenas lhes são colocadas ao alcance para que as utilizem no bem-estar comum e que, para a viagem de regresso ao verdadeiro plano da vida, a alfândega divina inspecionará apenas o sentimento íntimo de cada um, a fim de determinar o seu destino. A mala dos bens terrenos não segue viagem.

A PALAVRA

– Já estamos quase chegando, dona Paula. Veja os reflexos da luz por sobre aqueles telhados.

– Sim. Deve ser na próxima quadra. Será que o Egberto agüenta? Anda com tanta dificuldade..., além do que ele não nos vê, não é? E todas estas outras entidades que perambulam por entre nós nesta noite? Ele também não as está vendo?

– Nós bloqueamos o campo de visão de seu filho para que ele não seja importunado ou influenciado por esses outros infelizes irmãos, também desencarnados. Na verdade, ele está sendo guiado mentalmente por estes nossos laboriosos companheiros à nossa frente.

– Será que conseguiremos? – pergunta nervosamente a velha senhora.

– Tenha fé, dona Paula. Deus não nos abandonará.

É noite naquela grande cidade e um grupo de Espíritos socorristas atende ao apelo de dona Paula que, por anos e anos de trabalho no plano espiritual, consegue finalmente a oportunidade de socorrer seu filho, desencarnado há aproximadamente dez anos e que vivia mergulhado no vício na crosta terrestre. Vivia como um animal a vampirizar e a sugar as emanações etílicas pelos bares e casas suspeitas da cidade, influenciando, por outro lado, diversas criaturas encarnadas a incorrer nas mais deprimentes atitudes do vício. Porém, sua mãezinha, dona Paula, num trabalho constante e verdadeiramente titânico, onde o Amor e o Bem acabam sempre encontrando uma brecha nos corações dos seres amados, conseguiu fazer com que o filho querido se modificasse intimamente, cansando-se de tão sórdidas incursões nesse mundo de trevas e viciações. E é então que, movido pela influência mental da mãe, aliada à de dedicados trabalhadores do Bem, se vê na imperiosa necessidade de caminhar, como um verdadeiro autômato, pelas ruas da cidade, à procura de um lugar em que impere a Luz, guiado por ardente desejo de transformar-se. No pouco que sua lucidez lhe pode permitir, percebe que nunca sentira tanta paz em seu coração e tanta esperança de dias melhores.

E o cortejo segue então pela noite. Egberto ao centro, amparado, sem dar-se conta, por sua mãe e por Ricardo, Espírito de Luz e trabalhador infatigável nos campos da crosta. Ladeando-os, mais quatro entidades, que fazem parte do grupo socorrista, com as vibrações mentais de amor voltadas para o pobre homem, sustentando-o na vontade de reforma íntima.

O destino é um Centro Espírita onde haverá a oportunidade de uma comunicação entre Egberto e médiuns capazes de doutriná-lo onde também, através de vibrações próprias, possa visualizar aquelas entidades que podem levá-lo para outros planos de refazimento, aprendizado e trabalho no Bem.

Eis, então, que o local se lhes apresenta aos olhos, ao dobrar uma próxima esquina: uma grande construção, envolvida totalmente por luzes que descem do firmamento, sem que se possa visualizar o início do foco luminoso. Também uma forte corrente luminosa cerca horizontalmente o local, protegendo-o do assédio de Espíritos das trevas.

– Estamos chegando – comenta, satisfeito, Ricardo. – Irei na frente para contactar com os mentores da casa, pedindo-lhes permissão para o auxílio que Egberto necessita.

– Isso é necessário? – pergunta, aflita, dona Paula.

– Sim, minha irmã. Todo trabalho, para ser bem realizado deve ter muita disciplina. Mas não se preocupe. Se o seu filho não puder ser atendido hoje, tendo em vista o grande número de Espíritos sofredores que estão à espera, tomaremos conta dele até a próxima reunião. Fique tranqüila.

Dizendo isso, Ricardo dirige-se para o interior do Centro, acompanhado pelos outros trabalhadores do grupo, ficando Egberto e dona Paula do lado de fora, mas protegidos pela forte corrente luminosa que cerca todo o ambiente.

Passados alguns instantes, muitos automóveis ali estacionam trazendo os trabalhadores encarnados que entram no recinto, alguns em posição de reflexão íntima e em prece e outros tantos que chegam e ficam, por alguns instantes, em conversação edificante na entrada do prédio.

Dona Paula está observando o movimento, muito feliz com a possibilidade de auxílio ao seu filho querido, quando Ricardo e os outros voltam do interior do Centro e a informam de que foi dada a permissão para o socorro naquela noite.

A senhora volta então os olhos para o Alto, em agradecimento a Deus, mas seus pensamentos são interrompidos por um grito agudo. É o filho que, quase desfalecido, irrompe em pranto ao lado de duas mulheres e de um senhor de meia-idade, encarnados, trabalhadores daquele Centro. O grupo socorrista acorre até Egberto que, chorando copiosamente e muito assustado, começa a afastar-se, saindo do campo protetor, gritando:

– Não!!! Isso não!!! Não!!!

Com a mente perturbada, fora da corrente de proteção e perdendo a sintonia com o grupo, torna-se imediatamente presa fácil de Espíritos das trevas que gritam desafiadoramente, com grande balbúrdia:

– É nosso novamente!!! É nosso!!!

Felizmente, Ricardo age rapidamente e, auxiliado por outros trabalhadores do plano espiritual, consegue libertá-lo da turba, trazendo-o novamente, depois de aplicar-lhe passes tranqüilizantes, para dentro do cordão de luz protetora do Centro.

– O que aconteceu?! – exclama dona Paula.

– Tenha calma, minha senhora. Agora está tudo bem.

– O que foi, Ricardo? – pergunta um dos membros de seu grupo.

– A palavra, meu irmão. A palavra usada sem vigilância.

– Como assim?

– Aquele grupo de trabalhadores encarnados que estava ao lado de Egberto, à entrada do Centro...

– Sim...

– Não lhes ouvi toda a conversação, mas pela última frase que pude captar, quando ali cheguei, deu para ter uma idéia.

– O que diziam?

– Influenciados pela presença de Egberto, teciam considerações inadequadas sobre irmãos encarcerados no vício e o destino reservado a eles. E Egberto assustou-se com isso.

– Meu Deus...!

– Mas vamos levá-lo para o interior do Centro.

E, assim , o grupo é recebido com muito carinho pelos Espíritos encarregados do trabalho, onde Egberto consegue, após demorada doutrinação e passes magnéticos, visualizar a mãezinha querida, que o carrega consigo, em busca do aprendizado de Jesus.

E, no final dos trabalhos, Ricardo é convidado pelos mentores da Casa para falar alguma coisa a respeito do cuidado com que os trabalhadores encarnados e desencarnados devem ter, já que o Centro Espírita é um local de socorro para onde acorrem necessitados de todas as espécies e todos têm que ter em mente que o melhor lenitivo para os sofredores são as vibrações de paz, onde todas as palavras devem se revestir de amor, compreensão, carinho e esperança. E encerra com a seguinte lição:

– ...principalmente a palavra deve ser constantemente vigiada. É por isso, meus irmãos, que, como preparo e, nos momentos que antecedem nossas reuniões de auxílio aos necessitados, o melhor pensamento é a prece e a melhor palavra é o silêncio.

FELIZ DAQUELE QUE POUCO NECESSITA

– Ó de casa! Ó de casa! – grita Getúlio, batendo palmas, debaixo de intensa chuva, à porta de humilde moradia de pouco mais de quarenta metros quadrados, localizada em pequeno sítio agrícola. Já são perto de onze horas da noite e, através de alguns vãos da porta de madeira, dá para perceber que pequenina luz, talvez proveniente de um lampião, bruxuleia no interior da casa. Getúlio, próspero comerciante, voltava de uma viagem de negócios quando teve uma avaria em seu automóvel numa estrada próxima àquele local. Cansado de aguardar por alguma condução que passasse por ali, haja vista o pouco movimento naquela hora da noite, decidira, protegido por um guarda-chuva, encaminhar-se até aquele local para pedir auxílio. Guiara-se por aquela luz que avistara da estrada.

– Pois não, meu senhor – cumprimenta um velho agricultor, abrindo a porta e convidando-o a entrar. – Por favor, entre. Saia dessa chuva.

– Obrigado – responde Getúlio, satisfeito em ter sido prontamente atendido e entra num cômodo que logo percebe tratar-se de sala e quarto, ao mesmo tempo, pois além de uma velha mesa e quatro cadeiras, vê-se, em um dos cantos, uma cama de casal, desarrumada, como se alguém dela tivesse saído para atender ao seu chamado. Percebe também alguém que não acordara com o seu chamamento e parecia continuar a dormir, coberto com um velho cobertor. Nesse momento, o velho convida-o a sentar-se em uma das cadeiras e apresenta-se:

– Meu nome é José Fermino, mas pode me chamar de Zé da Roça que é como todos costumam fazer. O senhor está perdido?

O comerciante estende a mão ao velho, dizendo:

– Meu nome é Getúlio e estou com problemas. Meu carro quebrou logo ali na estrada e gostaria que o senhor me ajudasse.

– No que for preciso, meu senhor.

– Obrigado. O que necessito é de um telefone para solicitar ajuda de uma oficina mecânica.

– Telefone?

– Sim, um telefone. O senhor tem um, não?

– Não, meu senhor, não tenho telefone.

Nesse momento é que Getúlio percebe a ingenuidade de sua pergunta, pois se nem energia elétrica tem naquele lugar, por que haveria de ter um telefone?

– Um automóvel, pelo menos? – arrisca.

O velho sorri.

– Também não. Tenho apenas um cavalo e uma carroça, porém, emprestei-a a um amigo que por aqui passou ontem. Ele virá trazê-la de volta amanhã cedo.

– Meu Deus, o que vou fazer? – diz Getúlio, contrariado com aquela situação.

– Tenha calma, meu senhor. Se quiser, poderá dormir aqui até amanhã e, quando meu amigo devolver-me a carroça, terei imenso prazer em ajudá-lo. Se quiser, irei até a cidade mais próxima para buscar um mecânico.

– Dormir aqui? – pergunta, olhando para o cômodo e não vendo nenhuma outra cama ou algo parecido.

– Poderá repousar em nossa cama. Eu e minha velha poderemos nos acomodar em algum canto.

– Não, muito obrigado. Posso dormir lá no meu carro e, de manhã, volto até aqui.

– O senhor é quem sabe, – afirma Zé da Roça – mas não está com fome? Poderei preparar-lhe um café e algum alimento. Somos pobres, como o amigo já pôde perceber, mas, graças a Deus, não nos falta o que comer.

– Obrigado, seu José, mas estou sem fome.

– Um café, então?

Getúlio pensa um pouco e decide aceitar, pelo menos, para ficar um pouco mais ali, antes de enfrentar a chuva novamente em direção ao seu carro.

– Está bem. Aceito um café.

O velho dirige-se, então, para o outro cômodo, trazendo, após alguns minutos, um bule, duas xícaras e um bom pedaço de bolo de fubá, depositando tudo na mesa.

– Se o senhor resolver comer, sirva-se à vontade.

– Obrigado.

Getúlio bebe o café lentamente, enquanto o velho fica a observá-lo.

– Muito gostoso – comenta, após cortar e comer um pedaço do bolo.

– Foi feito pela minha mulher. Coma mais.

Nesse momento, Getúlio volta o olhar para a cama.

– Ela não vai acordar com a nossa conversa?

– Não se preocupe. Minha velha está doente e dei-lhe um bom chá. Dormirá até amanhã.

– O que ela tem?

– São coisas da idade. Levei-a a um médico, na semana passada, e ele disse que ela precisa ser operada. Parece que tem que tirar uma carne de dentro da barriga e que está crescendo.

"– Deve ser câncer..." – pensa Getúlio, sem nada comentar ao velho. – E quando ela será operada? – pergunta, apenas.

– Na semana que vem. Estamos esperando receber um dinheiro da colheita do feijão e das vassouras que vendi para um supermercado. Fazemos vassouras, sabe?

– E o dinheiro que o senhor vai receber vai ser suficiente para pagar a cirurgia?

– Não, mas o doutor vai deixar que eu pague uma parte, agora, e outra na próxima colheita.

– Vocês não têm filhos?

– Temos, sim, senhor. Temos o Toninho que mora na

fazenda de seu Euclides. Sabe, ele é muito trabalhador. Ele e Mariinha, sua mulher. Agora ela está grávida e vai darme um neto.

– Meus parabéns. Mas seu filho não pode ajudá-lo a pagar a cirurgia?

– Não, meu senhor. Aliás, ele nem sabe que a mãe está doente. Não lhe falamos nada para não deixá-lo preocupado.

– E o senhor está muito preocupado?

– Um pouco, meu senhor, mas eu e minha velha temos muita confiança em Deus, porque Ele sabe o que é melhor para nós. Aliás, Ele já nos ajudou muito. Afinal de contas, nunca deixou que alguma coisa nos faltasse. Sempre tivemos de tudo e com muita fartura.

– Sempre tiveram de tudo...? – pergunta Getúlio, percorrendo os olhos pela casa.

– Sim. Sempre tivemos tudo o que necessitamos e sempre fomos muito felizes.

– Diga-me uma coisa, seu Zé da Roça: vocês nunca tiveram vontade de possuir energia elétrica em casa, um televisor, um rádio?

– Rádio nós temos, sim. Temos um rádio a pilha, onde, à tarde, ouvimos a oração da Ave Maria e, depois, algumas modas de viola.

– E um televisor? O senhor sabe o que é um televisor, não sabe?

O velho dá uma gostosa risada.

– É lógico que sei. Já assisti na casa de meu filho. Lá na fazenda eles têm eletricidade.

– Mas o senhor não gostaria de ter energia elétrica e poder assistir a programas de televisão todas as noites?

– Sim, gostaria muito, mas se não posso ter, não vejo razão para ficar pensando nisso, não é verdade?

– O senhor acha que vive bem?

– Mais do que mereço. Como já lhe disse, Deus sempre foi muito bom para nós. Sempre tivemos tudo o que precisamos: alimento, um teto, um pouquinho de terra para poder trabalhar, muitos amigos...de que mais poderia precisar?

Getúlio fica um pouco pensativo, até que desabafa:

– O senhor acredita que não vivo bem, que preciso de muitas coisas para poder ser feliz e que, na verdade, quando as consigo, a felicidade que sinto é muito rápida, pois logo, sinto outras necessidades, tornando-me infeliz novamente?

– Mas o senhor me parece um homem de muitas posses.

– E sou. Sou um próspero comerciante. Possuo muitos imóveis e diversas fontes de renda, mas os negócios consomem todos os minutos de minha vida.

– O senhor é casado? Tem filhos?

– Sim, sou casado e tenho três filhos: dois rapazes, de vinte e vinte e dois anos e uma menina de dezesseis. E minha esposa é muito dedicada a todos nós e à nossa casa.

– E eles são felizes?

– Bem...sim...quer dizer, acho que sim...

– O senhor acha...? Não tem certeza?

Getúlio abaixa os olhos como se estivesse tomando conhecimento de algo novo e dirige-se interrogativamente ao velho:

– O que o senhor está querendo me dizer?

– O que quero dizer é que talvez o senhor esteja sempre tão ocupado correndo atrás da felicidade, que nem se apercebe que ela está ao seu lado.

– O senhor acha...diga-me...por favor...o que é a felicidade?

O velho coça a cabeça, fica por alguns momentos pensativo e responde lentamente:

– Felicidade, meu amigo, no meu ignorante entendimento, não vem das coisas materiais, mas, sim, da satisfação de nossa consciência. A felicidade é sentir-se em paz consigo mesmo, pelas obrigações bem cumpridas, pela alegria e bem-estar moral que pudermos proporcionar àqueles que estão sob a nossa responsabilidade ou em nosso círculo de relacionamento e, principalmente, o sentir-se bem com tudo que nos é dado compartilhar neste mundo de Deus, conscientes de que nosso Criador sempre nos oferece muito mais do que merecemos.

Getúlio fica impressionado com as palavras daquele

homem que, naquele momento, mais lhe parece um sábio do que um simples e pobre agricultor, e pergunta-lhe ainda:

– E que conselho o senhor poderia dar-me para que eu possa vir a ser realmente feliz? Devo, talvez, desfazer-me de tudo o que tenho para isso?

– De maneira alguma, meu senhor. O mundo necessita do seu trabalho, assim como também os seus empregados que, acredito, deve ter muitos. E não é desfazendo-se de seus bens que conseguirá alcançar a verdadeira felicidade, mas, sim, contentando-se, a cada minuto, com tudo o que, nesta vida, lhe passa pelas mãos, num empréstimo de Deus, pois, certamente, não levará nada após a morte de seu corpo físico, não é verdade? Contente-se e procure, de alguma forma, repartir essa alegria com as outras pessoas para que elas lhe retribuam também muita alegria e vibrações de paz e de agradecimento, pois, na verdade, ninguém consegue ser feliz sozinho. Como já lhe disse, felicidade é um estado d'alma.

Getúlio já está com os olhos marejados por tudo o que aprendera naqueles poucos minutos que estivera naquele humilde lugar e é com a voz embargada pela emoção de ouvir tão sábias palavras da boca de um pobre, mas feliz ancião, que balbucia, como que a concordar com tudo:

– Meu bom homem, Deus lhe pague por suas tão belas e sábias palavras. Realmente, o senhor tem toda a razão: *feliz daquele que, por mais bens possa ter, de muito pouco necessita.*

A SEGUIR, SINOPSE DE ROMANCES DO AUTOR DESTA OBRA.

DO OUTRO LADO

Esta é a estória de dois adolescentes onde um deles, Moacir, cego de nascença, quando liberto do corpo físico durante o sono, consegue visualizar e tomar contato com o plano espiritual. O outro, Beto, concentrando-se, possui a faculdade de ler o pensamento do amigo e, juntos, procuram auxiliar Silva, pai de Moacir, constantemente perseguido por Espíritos inimigos, a ele ligados pelo passado. Emoção e conhecimento da Doutrina Espírita são uma constante neste envolvente romance.

BAIRRO DOS ESTRANHOS

Emocionante estória do operário Atílio que, além de perder a esposa num desastre de ônibus, vê-se desempregado, passando a viver como andarilho pelas ruas da grande cidade, juntamente com a filhinha de apenas três anos.

Encontra, então, na pessoa de Sebastião, velho caminhante, o único apoio fraterno, culminando com a sua chegada até um "estranho" bairro, onde edificantes ensinamentos lhe são descortinados. Paralelamente, a personagem Clotilde, a desmemoriada, percorre as páginas desta marcante obra que reserva ao leitor, um surpreendente e inusitado final.

ALA DEZOITO

Este movimentado romance revela o drama do conceituado advogado Roberto, às voltas com incompreendida mediunidade que o faz ter terríveis visões. Presencia um ato suicida e sua vidência leva-o a se envolver com um caso policial de graves conseqüências. Essas visões que caracterizam uma aguda e atroz perseguição de entidades do mal, são interpretadas como alucinações e o levam a uma internação hospitalar. Na ala dezoito dessa clínica psiquiátrica, Roberto é considerado esquizofrênico e recebe tratamento intensivo, mas a chave de seu problema somente será encontrada no conhecimento da Doutrina Espírita.

O SENHOR DAS TERRAS

Num estilo quase cinematográfico, o autor relata a vida do empresário Alfredo que, descobrindo possuir uma doença fatal, parte em busca de algum "milagre" que possa curá-lo, terminando por encontrar, através do médium Cláudio, as verdades da vida na Doutrina dos Espíritos.

Em capítulos curtos, duas épocas se alternam: a atual, na busca da cura e da verdade e a Idade Média, na perseguição de um Senhor das Terras contra o curandeiro local, de formação sacerdotal druida, pela posse de um Colar Sagrado e pelo segredo da Muscária, um cogumelo cujo chá, acreditava-se, traria estranhos poderes a quem dele bebesse.

Ritmo, ação e ensinamentos da Doutrina Espírita, em linguagem bastante clara e acessível, são a tônica constante deste palpitante romance.

Composto e Impresso pelo INSTITUTO DE DIFUSÃO ESPÍRITA
Av. Otto Barreto, 1067 - 13600-000 - Araras - Estado de São Paulo
C.G.C. 44.220.101/0001-43 – Insc. Estadual 182.010.405.118